KB123619

로크미디어가
유혹하는
재미있는 세상

바인더북

바인더북 32

2019년 2월 18일 초판 1쇄 인쇄
2019년 2월 21일 초판 1쇄 발행

지은이 산초
발행인 이종주

기획 팀 이기헌 왕소현 박경무 이승제
책임 편집 이정규

발행처 (주)로크미디어
출판등록 2003년 3월 24일
주소 서울시 마포구 성암로 330 DMC첨단산업센터 3층 314호
Tel (02)3273-5135 Fax (02)3273-5134
홈페이지 rokmedia.com E-mail rokmedia@empas.com

ⓒ 산초, 2013

값 8,000원

ISBN 979-11-354-1455-8 (32권)
ISBN 978-89-257-3232-9 04810 (세트)

BINDER BOOK
바인더북

32

| 산초 퓨전 장편소설 |

contents

문화재는 제자리에 있을 때 빛이 난다   7

프라나의 경지로 들어서다   39

뜻밖의 조력자   75

주먹이 운다   93

모모, 네 정체가 뭐냐?   105

강탈당한 유물들   139

난 이미 임자가 있다오   185

이놈들은 걸핏하면 칼이야   209

거래   235

성자, 두쉬얀단의 정화   257

지옥의 유령 I   281

BINDER
BOOK

문화재는 제자리에 있을 때 빛이 난다

쿠시다 신사의 후원.

번-쩍-!

우르릉. 쿠쿠쿠쿵.

"이거…… 비가 너무 많이 오는군."

토오 가츠아키와 이주회의 오코나우(제사) 의식을 끝내고 뒷짐을 진 채 하늘을 살피던 타무라 츠오시의 입에서 조금은 침음 같은 무거운 음성이 흘러나왔다.

"오야붕, 하늘이 컴컴한 걸로 봐서는 비가 쉬이 그칠 것 같지 않습니다. 이대로라면 자동차로 오오사카까지 이동하기는 무립니다."

극진흑룡회의 본거지가 있는 곳이 오오사카였기에 언급한

것이다.

당연히 그 후신인 모리구치구미의 본부 역시 오오사카에 위치하고 있었다.

"호텔로 이동해서 잠시 쉬심이…….”

"엔도, 그럴 여가가 없다는 걸 알잖아?"

"그, 그렇긴 합니다만…….”

"공항에 연락해서 비행기가 뜨는지 알아보도록."

"하! 코토, 빨리 알아봐."

"하이!"

그때, '벌컥!' 하고 담벼락에 붙은 쪽문이 거칠게 열렸다.

이어서 우산도 팽개쳤는지 제례 복장을 한 제사장이 허겁지겁 달려오면서 타무라를 찾았다.

"타무라 님, 타무라 님."

"아니! 제사장께서 비까지 쫄딱 맞으면서…… 대체 뭔 일이오?"

"그, 그게…….”

안색마저 파랗게 질려 버린 제사장이 금세 입이 떨어지지 않는지 벌벌거렸다.

"어허! 뭔 일인지는 모르지만 숨부터 고르시오."

"그, 그것이…… 히, 히젠토가 사라졌습니다!"

"뭐요? 히젠토가…… 어쨌다고요?"

"히젠토가 사라졌단 말입니다!"

"히, 히젠토가 사라졌다니? 지금 어, 없어졌다고 하는 것이오?"

"그, 그렇습니다. 제가 히젠토를 다시 제자리에 간수해 두려고 지하에 내려가 보니…… 어, 없었습니다."

"그럴 리가! 엔도!"

"하이!"

"입구에 경비를 세워 두지 않았나?"

"유키와 코지에게 입구를 지키게 했습니다."

"그런데도 히젠토가 없어져?"

"……."

타무라의 굵게 주름진 미간이 꿈틀하자, 순간 히끅, 숨 막힌 소리를 낸 엔도의 허리가 90도로 꺾였다.

"타, 타무라 님, 그 두 사람에게 물어봤더니 지하로 들어간 사람은 아무도 없었다고 했습니다."

"뭐라? 어찌 그럴 수가……."

순간 사고가 한꺼번에 뒤엉킨 것 같은 기분이 된 타무라는 억지로 분기를 삼키며 진정하려 애를 썼다.

하지만 절로 전신이 부들부들 떨리는 것까지는 어쩔 수 없었다.

히젠토가 없어지다니!

아니, 도난을 당하다니!

말도 안 된다.

히젠토는 극진흑룡회의 상징이자, 일본 정부에서도 쉬쉬하고는 있지만 보물급에 속하는 문화재이기도 하다.

고로 그 무게를 감안하면 단지丹脂는 고사하고 할복해도 모자랄 일이었다.

이곳 오코나우 의식의 책임자는 타무라 자신이었다.

와카가시라若頭.

바로 극진흑룡회에서 차지하는 타무라의 신분으로 대오야붕인 사사가와 진즈 아래의 부두목 중 한 사람이었다.

즉 후계자 중 일인이라는 뜻.

히젠토가 정말로 도난당한 것이라면 후계자 서열은 물 건너간 것이라 봐도 이상하지 않았다.

'빌어먹을…….'

타무라의 입매가 잔뜩 일그러졌다.

하지만 이렇게 넋을 놓고 있을 때가 아니었다.

"일단 가 봅시다."

억수 같은 빗속을 거침없이 나서자, 조직원 하나가 얼른 우산부터 펼쳤다.

타무라를 비롯한 일단의 무리가 우르르 몰려간 곳은 건물 측면의 지하로 통하는 입구였다.

거기에 조직원 두 명이 억수 같은 빗속에서도 무릎을 꿇고는 고개를 푹 숙이고 있었다.

걸음을 잠시 멈칫했던 타무라가 차갑게 쏘아보고는 이내

찬바람이 일도록 두 사람을 지나쳐 계단을 내려갔다.

지금은 두 녀석을 족칠 때가 아니었던 것이다.

"여, 여깁니다."

제사장이 가리킨 곳은 오코나우 의식 전에 이미 와 보고 친견했던 그 장소였다.

그런데 말대로 히젠토는 사라지고 칼 걸이만 덩그렇게 놓여 있는 것이 아닌가?

원래 히젠토를 보관하고 있던 장소는 이곳이 아니었다.

그러나 매년 토오 가츠아키와 이주회의 기일 때면 이 장소로 옮겨서 지하실의 문을 활짝 개방해 왔던 터였다.

떳떳이 내놓고 오코나우 의식을 할 수 없었던 것은 히젠토가 가진 내력 때문으로, 바로 조센징들의 눈을 의식하지 않을 수 없었기 때문이었다.

이는 일본 정부에서 아직은 공공연히 노출하기에는 시기상조라고 말한 부분도 한몫했다.

어쨌든 전해진 말이 사실로 확인되자, 타무라의 안색이 더 심각해지면서 납덩이처럼 굳어 버렸다.

"제사장, 혹시 원래 자리로 옮긴 것 아닌가?"

냉랭한 말투에 이전까지의 존댓말도 사라졌다.

"저, 저도 누군가 옮겼나 싶어 확인해 봤지만 없었습니다."

'젠장 할.'

이렇게 되면 도난당한 것이 틀림없었다.

제사장이 거짓말을 할 리가 없으니까.

"엔도, 주변을 샅샅이 살펴라."

"하!"

"지붕도 확인해!"

"하이! 지로, 네가 직접 지붕으로 올라가!"

"핫!"

"나머지는 지푸라기도 들춰서 뒤져!"

"하이!"

조직원들이 뿔뿔이 흩어져 눈에 불을 켠 채, 혈안이 되어 단서를 찾아 나섰다.

그때, 지붕을 맡은 지로가 밖으로 나가려다가 돌아오더니 타무라에게 다가갔다.

"오야붕."

"뭐야?"

"저기…… 오늘 해거름 때쯤 사무실의 미오 상이 한 말이 있었습니다."

"지금 그런 말을 들을 때가 아니잖나?"

"혹시 히젠토가 사라진 것과 관련이 있지 않나 싶어 서…….."

"응? 말해 봐."

"그게…… 어떤 중국인 학생이 경내를 둘러보면서 히젠토에 대해 물었다고 했습니다."

"뭐라? 중국인 학생이 히젠토에 대해 물었다고?"

"하이!"

"헛소리! 히젠토는 여태 공개된 적이 없다는 걸 모르나? 쿠시다 신사에 있다는 자체도 아는 사람이 없다."

"알고 있습니다. 하지만 미오의 말로는 중국인 학생 놈이 알고 온 눈치였다고 합니다."

'허. 히젠토는 조센징 중에도 역사가들 몇 명만이 겨우 알고 있는 물건인데…….'

그마저도 쿠시다 신사에 보관하고 있다는 것은 전혀 알지 못하고 있었다.

타무라가 알기로는 한국 역사가 몇 명이 히젠토를 반환해 달라고 했지만, 당국에서는 어디 있는지 알지 못한다고 답했다.

한데, 어찌해 중국인 학생이 알 수 있단 말인가?

그것도 정확하게 쿠시다 신사를 찾아와서 말이다.

'조센징 역사학도라면 또 모르지만…….'

"놈이 또 뭐라고 했나? 아니, 어디서 들었다고 했나?"

"학교 동아리에서 들었다고 했답니다."

"그으래? 어느 학곤지는 알아냈고?"

"그런 말은 없었답니다."

'중국인 학생이 훔쳤다?'

왜? 뭣 때문에?

절레절레.

타무라가 가만히 고개를 저었다.

접점이 없다. 더하여 훔칠 이유도 없었지만 애초에 무슨 신묘한 능력이 있기 전에야 불가능한 일이잖은가?

"크흠. 그 학생이란 놈의 행방은?"

"혹시 몰라서 고다마로 하여금 미행을 하게 했습니다."

지로는 흔적 없이 지우라고 했다는 말은 꿀꺽 삼켰다.

게다가 고다마에게 엔도의 이름을 팔아 명령을 내렸기에 더 문제였다.

하지만 지금 그런 쓸데없는 말을 했다간 애먼 자신에게 불똥이 튈 게 빤했다.

"호오. 그래서! 미행의 결과는?"

"아직 연락을 받지 못했습니다."

"쯧. 해거름 때가 언젠데 여태 소식이 없단 말이더냐?"

"연락을 취해 보겠습니다."

"당장 알아봐!"

"핫!"

지로가 주머니에서 휴대폰을 꺼낼 때, 기다렸다는 듯이 손아귀로 진동이 느껴졌다.

'어?'

모르는 번호였지만 혹시 하는 마음에 얼른 받았다.

"지로요."

—아! 미나미 님, 저 수스케입니다.

미나미는 지로의 성이었다.

"수스케?"

지로가 알지 못하는 이름이었던지 고개를 갸우뚱했다.

—아, 저는 고다마와는 친구 사이로, 나카스에서 오끼야(포주집)를 운영하고 있습니다.

'떨거지로군.'

요정이 아닌 선술집의 작부들을 등쳐 먹는 자였으니 떨거지가 맞다.

내심은 그랬지만 고다마의 근황을 아는 것이 먼저였다.

"아아, 알았으니 고다마를 좀 바꿔 줘."

—고다마는 죽었습니다.

"뭐어? 주, 죽었다니? 고다마가?"

난데없이 뒤통수를 강타하듯 날아든 말에 잠시 멍했던 지로가 타무라의 눈치를 슬쩍 보더니 스피커로 전환시키며 바로 옆으로 다가와 섰다.

같이 들어야 할 내용이었다.

"이봐! 난 그런 질 낮은 농담은 좋아하지 않아! 어서 고다마를 바꾸란 말이다!"

—정말입니다. 저와 부하들이 나카스 강변 하류에서 고다마가 익사한 채로 죽어 있는 걸 발견했단 말입니다.

"이, 익사했다고?"

고다마가 익사했다는 말에 타무라와 지로의 눈살도 한껏 찌푸려졌다.

'이런 씨…….'

수스케의 다급한 말투에 지로는 그것이 거짓이 아니란 걸 직감했다.

한데 익사라니!

발을 헛딛기라도 했단 말인가? 그럴 리가?

극진흑룡회의 말단 부하라도 야쿠자의 와카가시라 호사급 이었다.

즉 와카가시라의 보좌급과 맞먹는 실력자들인 것이다.

와카가시라 호사는 비록 소규모이나 야쿠자 조직에서는 행동대장 격에 속했다. 더군다나 고다마는 자신 바로 아래 서열로 부행동대장이었다.

그런 고다마가 익사라고?

마른하늘에서 날벼락을 맞는 것이 더 확률이 높다는 것에 지로는 자신의 약지를 걸 수 있었다.

자연 나오는 말투가 고울 리 없었다.

"익사라니! 말이 되는 소릴 해!"

지로가 강하게 부정하듯 악을 써 댔다.

─정말입니다. 강물에 빠져 있어서 익사라고 한 겁니다만 저희가 조사해 본 결과는 타살이 분명합니다.

"뭐? 타, 타살? 자, 자세히 말해 봐."

ㅡ옛! 양쪽 팔꿈치 부분이 완전히 부러져 있었습니다. 거기에 후두부도 푹 꺼져 있었고요. 그로 보아 누군가 고다마를 죽여서 강물에 버린 것 같습니다.

"……."

실족 사고가 아니라 누군가에게 당해서 피살됐다는 소리에 할 말을 잃고 멍한 표정을 자아내는 지로였다.

턱.

곁에서 듣고 있던 엔도가 지로에게서 휴대폰을 빼앗아서는 입을 열었다.

"수스케라고 했나?"

ㅡ아, 예.

"난 조장인 엔도다."

ㅡ핫! 고다마에게 들은 적이 있습니다. 수스케입니다.

"그래. 인사는 나중에 기회가 있으면 하도록 하지. 고다마의 시체를 발견했다는 것은 서로 연락을 했었다는 얘긴데. 맞나?"

ㅡ그렇습니다. 제게 전화를 해서 도와 달라고 했습니다.

"뭘?"

ㅡ호흡이 가쁜 걸로 보아 누군가를 급히 쫓고 있는 것 같았습니다. 그래서 서둘러 애들을 대동해서 갔습니다.

"계속해."

—나카스 강변의 포장마차촌으로 빨리 와 달라고 했습니다. 저는 통화가 끝나자마자 업소에 있는 애들을 몽땅 데리고 찾아 나섰고요.

"그래서?"

　—폭우 속을 한참이나 찾아 헤맸지만 고다마는 없었습니다. 한참을 헤맨 끝에 보에 걸려 있는 고다마를 발견할 수 있었습니다.

"끄응. 고다마가 쫓던 놈은?"

　—누군지 알 수가 없어서…… 아, 한 사람이 있긴 했습니다.

"엉? 누구야?"

　—그게…… 조금 멍청해 보이는 중국인 관광객이었습니다.

"뭐? 중국인 관광객?"

　—예.

"확실한가?"

　—확실합니다. 가방을 멘 걸로 보아 관광 온 학생 같았습니다.

'관광 온 학생?'

그것도 중국인이라면!

"망할…… 그놈이다!"

　—예?

"이봐, 수스케, 바로 그놈이 고다마를 죽인 범인이라고!"

ㅡ예에? 설마요! 제가 직접 말까지 붙여 본 바로는 고다마가 그런 비실이한테 당할 리가 없습니다.

"엔도, 수스케를 이곳으로 오라고 해."

"하이. 이봐, 수스케, 당장 이곳으로 와."

ㅡ알겠습니다. 어딥니까?

"쿠시다 신사 후원이다. 안내인을 보낼 테니까 입구로 와."

ㅡ옙! 당장 출발하겠습니다.

탁!

신경질적으로 휴대폰은 접은 엔도가 타무라에게 말했다.

"오야붕, 침입한 흔적은 없는 것 같습니다. 지붕을 통했다면 지금쯤 비가 샜을 것이나 보시다시피 멀쩡합니다."

이런 폭우라면 아무리 흔적을 메운다고 해도 물기가 맺히기 마련이었으니까.

"하긴……."

타무라도 그걸 모르는 바가 아니어서 고개를 주억거리고는 말했다.

"그놈을 잡아야겠어."

히젠토에 발이 달려 있어 스스로 달아나지 않았다면, 의심이 가는 단서는 그 중국인 학생 놈뿐이었다.

타무라의 상상이 확대되기 시작했다.

12억의 중국인 중 기상천외한 묘수 하나쯤 가진 놈이 있을 수 있다고 가정해 본다면, 확률은 100%일 거라고.

　'확실해.'

　타무라의 확신은 엉뚱하게도 거기에서 기인했다.

　"이번 일은 제게 맡겨 주십시오."

　"그렇게 해."

　어차피 한정된 인원이라 믿을 만한 엔도가 적격이어서 타무라는 두말없이 허락했다.

　철썩.

　여전히 정신을 놓고 있는 지로의 뺨을 세차게 갈긴 엔도가 고함을 질렀다.

　"지로! 정신 차려!"

　"하, 하이!"

　"복수를 해야 할 것 아니냐? 그러니 지금부터 놈을 잡는다. 코투, 너는 미오 상을 만나 놈의 인상착의를 물어서 몽타주를 작성해!"

　"하이!"

　"지로! 너는 공항은 물론 하카타역을 비롯해 버스 터미널의 감시 카메라를 전부 확보해서 놈의 행방을 알아봐!"

　"하, 하이!"

　"쿠보다, 너는 놈이 묵었을 만한 숙박업소를 전부 뒤져! 식당도 마찬가지! 뭘 먹었는지까지 확인해! 모두 움직여!"

"하잇!"

"하잇!"

"엔도, 구도 카이의 협조는 내가 구해 보겠다."

"아, 좋은 생각입니다. 규슈는 구도 카이가 꽉 잡고 있는 나와바리라 큰 도움이 될 것입니다."

구도 카이는 규슈에서도 후쿠오카 지역을 나와바리로 하는 야쿠자 조직이었다.

그들의 협조만 받을 수 있다면 굳이 경시청의 도움을 받을 필요가 없었다.

"빚은…… 반드시 갚을 것이다."

타무라가 말하는 빚은 구도 카이에 신세를 지게 된 일을 말함이다.

이는 뭐든지 받은 만큼, 또는 그 이상으로 되갚아야 한다는 '오카에시(답례)' 문화에서 기인했다.

"저도 한 팔이 되어 오카에시의 의무를 다하겠습니다."

끄덕끄덕.

"엔도, 시간이 촉박하다. 서둘러!"

"핫!"

중국인 학생 신분인 왕원샹으로 변장한 담용은 극진흑룡

회에 의해 자신의 행적이 고스란히 노출되고 있는 것도 모른
채, 익일 자정이 넘어서야 도쿄 하네다 공항에 도착했다.

'확실히 규슈보다는 쌀쌀하군.'

트랩을 나오면서부터 코끝에 와닿는 대기의 느낌이 그랬
다.

담용은 먼저 시간부터 확인했다.

바탕이 새까만 시계는 국정원에서 제공받은 해외 공작원
전용 물품이었다.

12시 36분.

'얼추 2시간여가 걸렸군.'

후쿠오카에서 도쿄까지의 거리는 한반도 길이보다 훨씬
길었으니 당연했다.

'하카타의 모츠나베 주인의 말을 듣길 잘했네.'

국내선이 조금 한가하다기에 그 말을 듣고 탑승했는데, 그
말대로 정말 편하게 왔다.

'출구가…….'

자정이 지나서인지 워낙 적막했던 탓에 담용 스스로 출구
를 찾아야 할 정도로 사람이 없었다.

서둘러 출구로 나온 공항 주변의 모습은 가로등과 빌딩의
불빛만이 휘황했지 다소 횅하다는 느낌이었다.

'흠. 우선은 신분부터 바꿔야겠지?'

지금까지는 중국 학생인 왕원샹이란 신분으로 활보해 왔

지만, 아무래도 후쿠오카에서의 불민한 일로 인해 불안한 감이 없지 않으니 신분을 바꿀 필요가 있었다.

'쩝. 살인은 영 적응이 안 되는군.'

경험이 없는 바는 아니었지만 자신을 죽이려던 고다마를 처리한 일은 어쩔 수 없는 일이었다.

그렇다고 해도 찝찝한 마음이 없지 않아 내내 마음이 쓰이는 담용이었다.

'화장실은 좀 그렇고……'

한국보다는 조금 더 촘촘한 간격으로 설치되어 있는 감시 카메라여서 조심할 필요가 있었다.

사건이 없다면 별문제가 안 되겠지만 혹여 그런 일이 발생한다면 들어간 사람은 학생인데 나온 사람이 중년인이었을 때, 문제가 심각해질 것은 뻔했다.

그런데 공항이라서 그런지 도무지 빈틈이 없다.

'쯧. 아무래도 나가서 해결해야겠군.'

택시 승강장으로 발걸음을 옮기던 담용은 이번에는 어떤 신분으로 분해야 적당할지 살짝 고민이 됐다.

지닌 여권이야 10여 개나 되지만 두 개는 여성용이라 제외하고 나면 신분은 극히 제한된다.

그도 그럴 것이 미국 여권이 두 개, 영국 여권 한 개, 중국 여권 두 개, 일본 여권이 한 개, 베트남 등의 동남아 여권이 세 개, 나머지가 한국 여권이어서다.

'중국 여권은 당분간 쓸 일이 없고…….'

왕원샹이라는 신분이 걸림돌이 될 것 같아서였다.

'동남아 여권은 은근한 차별이 있어서 곤란하겠지?'

대개가 3D 업종에 일하러 온 노무자들이라는 이유였다.

'흠. 역시 꺼릴 게 없는 일본 여권을 쓰는 게 좋겠어.'

참고로 일본은 현재까지 주민등록증이란 게 없다. 몇 년 후에는 주민대장카드라는 게 생기지만 한국처럼 지문 날인을 하지 않아 경찰들이 고생한다고 했다.

그렇다면 뭘로 신분을 확인할까?

바로 운전면허증이다. 당연히 여권도 해당이 된다.

'키가 문제긴 한데…… 알아보는 사람이 없었으면 좋겠군.'

뭐, 국정원에서 어련히 알아서 여권을 확보했을까마는, 천만분의 하나 재수 없는 일이 생기지 말란 법은 없다.

'쩝. 괜한 걱정인가?'

얼굴을 변용하는 것이야 여권에 부착된 사진만 보여 주면 나디가 알아서 몇 번 주물럭거리면 해결되니 걱정할 게 없었다.

'당장은 일본인으로 행보하는 게 편하겠지.'

상황을 따라 또 다른 신분으로 바꾸면 된다. 그래야 일정에 무리가 없을 것이다.

슬쩍 주변을 살펴보았다.

갈증이 난다는 느낌에 테이크아웃 커피숍에서 아메리카노 한 잔을 사 들고는 게이트를 빠져나왔다.

역시나 쌀쌀한 공기가 먼저 코로 흡입됐다.

'아, 사각 기둥에 몸을 숨기면…….'

굵기가 담용의 몸 하나 정도는 가릴 수 있는 사각 기둥이라 적당하다 싶었던 그는 발걸음이 빨라졌다.

걸어가면서 고개를 푹 숙이고는 나디에게 의지를 전했다.

'나디, 일본 여권에 있는 사진과 똑같이 분장해 줘.'

의지를 전하자마자 뺨에 경련이 이는 듯한 꿀렁거림과 동시에 얼굴이 화끈거렸다.

일본 여권의 사진은 30대 중반의 장년으로, 이름은 이토 도시오였다.

아, 히젠토를 훔치러 갔던 반쪽의 나디는 담용이 후쿠오카 공항 대합실에서 잠시 머물 때 이미 돌아온 터다.

뭐, 아직은 히젠토를 꺼내 감상할 만한 시간적 여유가 없었던 관계로 구경도 하지 못하고 있는 처지지만.

사각 기둥에 도착도 하기 전에 변장을 끝냈지만 몸을 은신한 듯 만 듯 하며 잠시 더 머물면서 꿈지럭거렸다.

색sack 안의 소지품을 확인하는 척하면서 이리저리 뒤집고 풀고 잠그면서 모형을 바꿨다.

색은 곧 작은 보스턴 가방으로 변했다.

이 역시 국정원에서 제공한 물품으로, 지금처럼 미니 보

스턴백으로 변용할 수 있는 데다 유사시에는 방탄조끼 기능
이 가능했고, 우천 시에는 판초우의 대용으로도 사용할 수
있었다.

　얼핏 그리 두꺼워 보이지 않았지만 특수 재질의 천과 가느
다란 코일이 촘촘히 겹겹으로 겹쳐 있는 작전용 물품이었다.

　준비를 끝낸 담용이 사각 기둥에 등을 기대고는 커피 한
모금을 들이켰다.

　도쿄로 오는 내내 향후 계획을 세우기보다 내리 잠만 잤기
에 자정이 넘었음에도 전혀 피곤하지 않았다.

　'혼자서 해낼 수 있을지 모르겠군.'

　아직까지 어떻게 해야겠다는 구체적인 계획은 없었다.

　일본으로 건너온 주목적이야 한국에서 강탈해 간 문화재
를 되찾는 데 있긴 했다.

　그렇게 마음먹은 원인이야 중추회에 의해 밀반출되려던
금동미륵불상으로 인한 것.

　고로 충동적으로 나섰다고 해도 과언은 아니었다.

　그리고 한국 정부에서 매년 문화재 반환을 요구하지만 일
본이 일절 반응하지 않아 왔다는 것도 한몫했다.

　뭐, 달란다고 순순히 내줄 일본도 아니어서 한국 정부에서
도 별 기대하지 않고 있는 터였다. 일본 입장에서야 문화재
를 강탈한 적이 없다고 강변하고 있으니 말이다.

　하지만 눈 가리고 아웅하는 격임은 누구나 다 알고 있는

일이 아닌가?

오죽하면 한일 수교 당시 문화재 반환을 권장한다는 합의록이 만들어졌음에도 일본 정부는 이를 아예 무시하고 있을까?

이는 일본뿐만 아니라 문화재 약탈 강국이라면 전부 한통속이라고 보면 맞다.

당연히 능력자인 담용이 분기탱천할 수밖에.

중추회의 금고에서 본 금동미륵불상이 촉매가 되어 알아본 결과이긴 했지만, 일본으로 건너온 걸 후회하지는 않았다.

문제는 우리 문화재지만 훔치게 되면 범죄에 의한 획득으로 치부해 다시 돌려줘야 한다는 것.

예를 들면 이렇다.

'약탈 문화재 반환도 국제사회의 인정을 받아야 하고 소장 당사국에서 협조해야 가능하다.'

이것이 국제관례이자 법이었다.

즉 훔치거나 강탈하는 감정적인 대응보다는 반출 경위를 따지고 그에 따른 개별적 대응과 판단을 내리는 게 순리라는 것이다.

다시 말해 훔치거나 강탈해 놓고 '원래 우리 것이니 안 줘도 된다'라는 생각은 매우 위험하다는 것.

이는 강탈하고 약탈한 강대국, 그들만의 논리로 포장해 놨다는 말과 같았다.

만약 훔치거나 강탈하게 된다면!

'흥! 돌려줄 수 없으니 한동안 숨겨 놓는 수밖에.'

아니라면 아예 영원토록 수장고에 잠자게 하면 된다. 어차피 본래의 자리가 아니었던가?

'지금이 아니면 영영 돌아오기 어려울 거야.'

작금은 담용의 능력이 절정에 이른 때다.

그러니 이때가 아니면 문화재는 영구히 돌려받지 못할지도 모른다.

혹여 천지가 개벽해서 한국이 일본을 점령하는 일이 생긴다면 또 모르겠지만 말이다.

과연 그런 날이 올지…….

'으음, 제오열을 만나 도움을 청해야 할까?'

웬만하면 극비의 첩보원이라는 제오열을 움직이게 하고 싶지는 않다.

하지만 문화재에 대해 아는 게 없으니 정보를 얻으려면 도움은 필수였다.

이는 국정원에서도 허락한 사항이었다.

'쯧. 제오열이라…… 어째 썩 내키지 않는걸.'

습관처럼 턱을 매만지던 담용이 가만히 고개를 저었다.

'일단 혼자 시도해 보고 정 어렵다고 여겨지면 그때 가서 도움을 청하지, 뭐.'

일본의 박물관에 대해 기본 정도는 공부해 온 터라 그걸 토대로 움직일 수밖에.

　물론 전문 박물관과 개인 컬렉터들에 의한 소규모 박물관이 부지기수로 많은 나라가 일본이다. 거기에 신사에 보관된 문화재와 골동품 컬렉터들의 개인 수장고까지 포함하면 1년을 헤매고 다녀도 털기 어려울 것이다.

　이는 정복 국가들의 공통된 부분이라고 해도 과언이 아니다.

　'우선은 도쿄에 있는 문화재부터 수거한다.'

　그러자면 도쿄 국립박물관과 에도 도쿄박물관, 야스쿠니 신사, 일본 왕궁을 탐방해야 했다.

　나디도 만능은 아니기에 현장 탐방은 필수이기 때문이었다.

　아니, 담용 스스로가 나디와 감응하려면 현장을 알아야 했다.

　아, 정확히는 담용이 아는 것을 바탕으로 나디가 학습해서 움직인다는 것이다.

　'정구웅 씨의 간절한 소원을 들어줄 수 있어야 한 텐데…….'

　담용은 일본으로 오기 전, 국정원의 소개로 만난 정구웅 씨와의 대화를 떠올렸다.

　정구웅 씨는 본시 문화재 전문가가 아니었지만 어떤 계기로 인해 접하게 됐다고 했다.

희한한 점은 정구웅 씨의 전문 분야가 '문화재 수난사'라는 것.

다시 말해 대한민국의 문화재가 일본이나 미국, 프랑스 같은 강대국에 의해 밀반출됐거나 강탈당한 역사를 연구해 왔다는 말이다.

담용으로서는 불감청고소원일 정도로 매우 적절한 인물을 소개받았다고 할 수 있었다.

서로 간에 비밀을 전제로 한 대화의 골자는 이랬다.

─우리 문화재의 과거사를 정리하다 보면 말이죠, 정말 이럴 수가 있을까, 하는 가슴 아픈 일이 너무 많다는 겁니다.

─어떤 부분에서요?

─한마디로 단언하기 어려워요. 예를 들면…… 일제강점기에 이희섭 같은 악성 종양이 존재했다는 겁니다.

─이희섭요?

─예. 이희섭은 세계적으로도 유례가 없는 희대의 문화재 전문 골동품상이었어요. 그놈은 1934년부터 1941년까지 8년 동안 일본에서 조선대공예전람회를 일곱 차례나 열었습니다.

─그럴 정도면 대표적인 친일파 중 한 명이겠군요.

─쩝. 말해 뭐 합니까? 그놈은 전람회 한 번에 우리 문화

재 1,500점에서 3천 점을 도쿄와 오사카에 전시하고는 거기
서 모조리 팔아 치웠지요.

－헉! 사, 삼천 점! 그렇게나 많이요?

－그건 약과지요. 일곱 차례나 전람회를 열다 보니 문화재
가 1만 5천 점이 넘었습니다.

－이, 일만 오천 점!

－그뿐만이 아닙니다. 그놈은 서울에다 문명상회라는 본
점을 두고는 도쿄와 오사카에 지점을 개설해 놓고 우리 문화
재를 상설 전시해 팔아먹었지요.

－……!

－그렇게 그 한 놈으로 인해 일본으로 팔려 나간 문화재가
최소 3만 점에서 5만 점에 이릅니다.

－문화재가 아예 통째로 옮겨진 셈인데 그게 가능합니까?

－일제강점기라 문화재에 대한 인식이 없었던 때라 불가
능한 건 아니지요. 다만 조선의 식자층이 그런 행위를 했다
는 게 분통이 터집니다.

－그런 일이 많았습니까?

－천만에요. 한 개인이나 상인이 그렇게 한 것은 세계적으
로 유례가 없는 일입니다. 거기에 장석구란 놈도 같은 종자
고요.

－문화재가 한 나라의 역사와 민족적 자긍심임을 망각하
고 단순히 돈벌이에 눈이 어두워 막대한 양을 반출시키다

니…… 어이가 없네요.

　－휴우, 통탄할 일이지요.

　－정말…… 태어나지 말았어야 할 종자들이군요.

　－뭐, 그런 매국노들이 있는 반면에 자신의 사재를 털어 문화재를 지킨 분들도 계시지요.

　－그분들은……?

　－간송 전형필 님과 손재형 님 그리고 김형필 님이 그런 분들입니다.

　－아, 간송이라면…… 간송미술관?

　－하핫, 맞습니다.

　－더 해 줄 말씀은?

　－뭐, 할 말이야 끝도 없죠. 그래서 못다 한 얘기는 자료에 기록해 뒀으니 참고하세요.

　－아, 고맙습니다.

　－한 가지 덧붙인다면…… 이 역시 어이없는 일 중 하난데요. 조씨 문중이 그들의 가전 서적 칠백여 권을 일본에 스스로 갖다 바쳤다는 겁니다.

　－예? 스스로 갖다 바쳐요?

　－고고학 잡지에 기록된 바로는 칠백여 권이나 되더군요.

　－어디 조씹니까?

　－나라 조趙를 쓰더군요. 뭐, 스스로 가져다 바친 사람들이나 문중들이 조씨뿐만이 아닙니다. 사실 저는 조사를 하면서

이게 더 충격적으로 다가왔었습니다.

─하! 빼앗아 간 거야 강점기 시절이니 어쩔 수 없었다고 해도…… 스스로 갖다가 바쳤다니!

─그것도 부지기수라는 겁니다.

─…….

─이완용, 이놈은 어쨌는 줄 압니까?

─……?

─그놈은 일본 야스쿠니신사에 고려 시대의 것으로 추정되는 갑옷과 투구를 바쳤다는 것 아닙니까?

─그놈이야 태생만 조선이지 뼛속까지 왜놈이지 않습니까?

─하긴 욕하는 것조차도 아까운 쌍놈이지요. 아무튼 현재 일본에 있는 우리 문화재는 확인된 것만 7만 점에 가깝다는 걸 아셔야 합니다.

─확인된 것만 7만 점이라고요?

─그렇습니다.

─그럼 도대체 얼마나 많다는 겁니까?

─저 역시 추산하기가 어려웠는데 얼마 전에 일본 쇼비대학의 하야시 요코 교수가 말하기를 일본 내의 한국 문화재만도 30만여 점에 이른다고 하더군요.

─예? 사, 30만여 점요?

─하야시 교수가 직접 말했으니 틀림없을 것입니다.

−정말…… 젠장맞을 일이군요.

  −사실 그건 약과입니다. 하야시 교수의 말은 개인 소장품
을 제외한 것이라 실제로는 더 된다고 보면 맞습니다. 우리
학계 추산으로도 해외에 이런저런 명목으로 반출된 문화재
가 백만 점에 달할 거라 짐작하고 있습니다.

  −배, 백만 점!

  −하핫. 일본에 가서 무슨 일을 하실지는 알 수 없지만 우
리나라 문화재를 한 점이라도 가져올 수 있으면 가지고 오십
시오. 그것이 다 부서진 거라도 조상의 혼과 얼이 담겨 있으
니 소중하게 품고 오시기 바랍니다.

  −명심……하겠습니다.

  −그리고 여기…… 부탁하신 일본에 있는 우리나라의 중
요 문화재 자료입니다. 아마 국보급에 해당하는 문화재일 겁
니다.

  −감사합니다.

  −특히 몽유도원도가 돌아온다면 원이 없겠습니다.

  −안견?

  −예. 안평대군이 꿈에서 본 무릉도원을 그린 거지요. 국
내에 전시되어 있는 건 모사본일 뿐이지요.

  −젠장…….

  −그리고 혼일강리역대국도지도와 다보탑사리함 등 수도
없지요. 특히 오쿠라컬렉션에 전시되어 있는 문화재는

100% 밀반출된 것이거나 강탈해 간 것이니 반드시 돌아와야 합니다.

―후우! 암담하긴 하지만 애써 보지요. 그러나 너무 기대는 하지 마십시오.

―하하핫, 기대를 갖고 한 말이 아닙니다. 그저…… 그렇게 됐으면 좋겠다는 생각으로 말한 겁니다.

―아무튼 도움이 많이 됐습니다. 감사드립니다.

―뭘요. 제 얘기에서 하나라도 느낀 게 있다면 그걸로 저는 족합니다.

―느낀 게 적지 않습니다. 그중에서도 힘이 있으면 다 된다는 걸 뼈저리게 체감했습니다.

―하긴, 결국 나라가 힘이 없었던 것도 죄라면 죄지요.

―저는 성리학이라는 늪에 빠져 헤어나지 못한 것이 큰 이유라고 생각합니다.

―동감합니다. 아무튼 문화재는 제자리에 있을 때 비로소 빛이 나는 법인데 강대국들은 자기 나라에 어울리지 않는 걸 비치해 놓고는 자랑하고 있으니……. 혹여 기회가 닿는다면 하나라도 꼭 되찾아 오기를 기원합니다.

―최선을 다하지요.

대화는 그렇게 끝이 났지만, 담용은 문득 정구웅 씨가 건네준 자료에 적힌 그 많은 문화재를 나디가 숨겨 갈 수 있을

지가 의문스러워졌다.

'나디의 용량부터 알아보고 움직여야겠군.'

무턱대고 수집했다가 처치 곤란해지면 일본 경찰의 추적 대상이 될 수도 있었다.

'뭐, 어떻게 됐든 히젠토를 수중에 넣었으니 출발은 좋은 셈인 건가?'

일차적으로 히젠토를 노렸던 것은 향후 일본 문화재가 천재지변을 당하는 신호탄이자, 그 전조일 뿐이었다.

'흠, 효과적인 동선을 짜야겠는데……'

지도를 꺼내 들고는 한참이나 살피던 담용이 한 곳을 짚었다.

'미츠코시마에역?'

그의 1차 목표물은 우에노 공원 내에 위치한 일본 군국주의의 상징인 야스쿠니신사였다.

정확한 목표물은 A급 전범들이 안치되어 있는 묘역.

'아무튼 희한한 족속들이라니까.'

1869년 설립 당시의 취지는 막부군과의 싸움에서 천황을 위해 죽은 영혼을 '호국의 신'으로 제사 지내기 위한 것이었다.

그 당시는 천황을 위한 전사를 더없는 명예로 여겨서였다.

─천황이 주신 목숨을 천황께 바쳤으니 그보다 더한 명예

가 없다.

'풋! 신도 아닌 인간일 뿐인 왕이 생명을 줬다고?'

그야말로 해괴한 논리가 아닐 수 없다.

그렇게 일본인들을 이른바 '국가 신도'로 몰아가는 '야스쿠니 신앙'의 진원지가 바로 야스쿠니신사인 것이다.

첫 번째 행선지는 야스쿠니신사였다

그러려면 하차할 곳이 우에노역이어야 했지만, 담용은 조금 떨어진 미츠코시마에역을 택했다.

'일단 미츠코시마에역 근처에서 하루 묵으면서 루트를 다시 생각해 보자.'

결정을 내린 담용이 행장을 수습하고는 다시 한번 주변을 살폈다. 인적이 거의 없음을 확인한 후 재빨리 택시로 다가갔다.

털컥.

대기하고 있는 택시에 오른 담용은 기사가 인사도 하기 전에 얼른 행선지부터 말했다.

"미츠코시마에역으로 가 주세요."

"하이."

프라나의 경지로 들어서다

"어떻게 됐나?"

쿠시다 신사에서 고다마를 살해하고 히젠토를 훔쳤을 법한 범인의 소식을 초조하게 기다리던 타무라가 안으로 들어서는 엔도를 보고 급히 물었다.

"놈의 행적을 찾았습니다."

"잡은 게 아니고?"

"그게…… 놈이 후쿠오카 공항에서 도쿄행 10시 20분 비행기에 탑승한 것이 확인됐습니다."

"뭐라? 놈이 도쿄로 향해?"

"하이. 그래서 도쿄 중심부를 나와바리로 하는 이나가와카이와 스미요시 카이 그리고 교쿠토 카이에 협조를 구하자마자 지로와 그 밑의 아이들을 급파했습니다."

"벌써 새벽 1시다. 놈이 도착하고도 남을 시간이야. 비행기가 없을 텐데."

"맞습니다. 놈이 탄 비행기가 마지막이었기에 제사장의 도움으로 이곳 유지에게 도움을 청해 경비행기를 빌려 띄웠습니다."

"그렇군. 수고했어."

엔도의 발 빠른 대처에 만족했는지 타무라가 고개를 끄덕거리고는 말을 이었다.

"도쿄 조직에는 내가 다시 협조를 구하도록 하지."

"저보다 오야붕의 전화 한 통이면 더 적극적으로 움직여 줄 겁니다."

"딱히 목적지가 있는 놈이 아니라면 찾기가 지난하지 않겠나?"

"놈이 이 시간에 어딜 가겠습니까? 숙소를 정할 것이 틀림없습니다. 밤을 새워서라도 도보로 반경 30분 이내의 숙소부터 뒤지라고 지시해 뒀습니다."

"오잇! 훌륭하다. 근데…… 공항 검색대에서는 뭐라고 하던가?"

"그게 좀 이상합니다."

"뭐가?"

"제가 모니터를 직접 살펴본 바로는 가방 안에 필기도구뿐이었습니다."

"뭐? 그럴 리가 없다! 다른 짐은?"

"다른 짐은 없었습니다. 달랑 등에 멘 색 하나밖에
는……."

"동조자가 있었군. 틀림없다."

타무라의 뇌리로 히젠토를 훔친 즉시 동료에게 넘겼다는
그림이 그려졌다.

"저 역시 오야붕과 같은 생각입니다. 그래서 놈에게 동조
자가 있다는 확신이 들어 코투와 아이들을 후쿠오카 경시청
으로 보냈습니다."

"경시청? 요즘은 옛날과 달라서 협조 공문 없이는 그들의
협조를 기대하기 어렵다."

"아, 고다마의 시체가 거기에 안치되어 있습니다."

"오호! 그래서?"

"그걸 이용해 놈을 살인 용의자로 몰아붙이라고 했습니
다. 목격자는 수스케입니다. 그러니 움직일 수밖에 없을 겁
니다."

"엔도, 완벽하다. 수고했어."

"감사합니다."

"우리도 도쿄로 간다. 경비행기를 한 대 더 빌려라."

"오야붕! 악천후입니다. 조종사가 기겁을 하는 바람에 10
만 엔이나 쥐여 줘야 했습니다."

"지금은 돈이 문제가 아니다. 이번엔 20만 엔을 줘서라도, 아니 그 두 배를 줘서라도 데려와!"

"오야붕!"

"엔도, 더 말하지 말라. 나는…… 가다가 추락해 죽어도 후회하지 않을 것이다."

"아, 알겠습니다."

용광로 불길처럼 불타는 눈빛과 냉랭하도록 차가운 어조에 엔도가 허리를 90도로 꺾었다.

하지만 총책인 타무라까지 도쿄로 날아가는 건 아닌 것 같다는 생각에 마음을 굳힌 엔도가 허리를 꺾은 채 강단 있는 목소리로 말했다.

"오야붕! 동조자가 있는 게 확실하다면 그놈이 히젠토를 가지고 있는 게 틀림없습니다. 중국인 학생 놈은 심부름꾼일 뿐이라면 히젠토를 가진 놈이 더 중요합니다. 그러니 여기서 지휘를 하시는 게 맞습니다."

"엉?"

"도쿄는 제가 날아가서 놈을 잡아 오도록 하겠습니다."

"오잇! 엔도, 내가 너무 흥분했다."

금세 신색을 되찾은 타무라가 엔도의 어깨를 두드렸다.

"네 말이 맞다. 지금 당장 출발하도록."

"하잇!"

"실시간으로 보고하는 것을 잊지 마라."

"하!"

택시에서 내리자마자 담용의 시선에 들어온 것은 빌딩 숲이었다.

이어서 눈에 들어온 지하철 입구의 안내판 글귀.

三越前駅

미츠코시마에역.

'제대로 오긴 했는데…… 화장실이?'

용변이 급하다기보다 변장을 해야 해서다.

하지만 지하철역이 가까이 있어서 그런지 쉬이 눈에 들어오지 않았다.

'쩝. 내려가야 하나?'

고개를 돌리던 담용의 눈에 매우 익숙한 광경이 들어왔다.

'어? 붕어빵!'

노점 마차에서 붕어빵을 굽고 있는 것을 본 담용은 갑자기 출출해지는 기분이었다.

'가서 물어보자.'

노점에서 장사를 하다 보면 본의 아니게 화장실 신세를 지는 곳이 있을 터였다.

"붕어빵 하나에 얼맙니까?"

"백 엔입니다."

'헉! 1,100원?'

하긴 굵긴 굵다.

틀이 사각이어서 네모졌지만 붕어 형태는 그대로였다.

"한국에서 왔습니까?"

"아, 예. 일본은 첫 방문이라…….."

"하핫. 손님처럼 관광객으로 방문한 한국인들이 붕어빵을
먹어 보고 다들 맛있다고 했습니다. 우리 붕어빵은 꼬리까지
팥이 꽉 차 있거든요. 그리 달지도 않고요."

"일단 하나 주십시오. 늦게 도착하는 바람에 배가 고프네
요."

"여기 있습니다."

"근데 이 근처 공중화장실이 있습니까?"

"아, 지하철역을 이용하면 됩니다."

말의 뉘앙스에서 자신도 지하철을 이용한다는 의미가 물
씬 풍겼다.

'쩝. 할 수 없이 내려가야겠군.'

이용하는 것이야 문제가 될 게 없지만 얼굴을 노출시키고
싶지 않았던 담용은 곳곳에 감시 카메라가 설치되어 있는 지
하철역은 기피하고 싶었다.

하지만 어쩌랴?

지금이 변장을 할 시기였으니…….

붕어빵으로 허기를 달래며 숙소부터 먼저 정해 투숙할까 했지만 곧 아니라는 생각에 접었다. 이유는 만에 하나를 위해 여기서부터 행적을 숨겨야 했기 때문이었다.

담용이 골몰하고 있을 때, 별안간 정수리에서 툭툭 건드리는 듯한 신호가 왔다.

'응?'

정수리라면 나디가 제집인 양 똬리를 틀고 앉은 곳이었다.

'나디, 왜?'

담용이 의혹 어린 말투로 물은 그때, 백회혈이 시원해지면서 의념이 밀려들어 왔다.

의념은 확고한 뜻을 지니고 있었다.

나디가 전해 오는 의념임을 확신한 담용이 깜짝 놀라 되물었다. 담용 역시 의념을 전한 것이다.

'뭐? 지하철역으로 가자고?'

나디가 전한 담용의 해석은 그랬다.

한데 그 해석이 정확할 줄이야.

'헛!'

우뚝.

무심코 지하철로 향하던 담용이 갑자기 걸음을 멈췄다.

별안간 정신이 번쩍 들었기 때문이다.

담용은 커다란 충격에 휩싸인 표정이었다.

이유는 다름이 아니었다.

바로 나디가 전해 온 의사 전달에 있었던 것이다.

그것도 스스로 자아낸 나디의 의지였다.

하지만 반신반의하는 감정이 뒤섞여 일시 정신이 혼란스러웠다.

'서, 설마 내가 잘못 들은 건 아니겠지?'

그도 그럴 것이 여태껏 나디의 유일한 단점이 대화가 되지 않는 것이었는데 스스로 의념을 전해 오다니!

충격!

경악!

아니, 담용의 입장으로서는 경천동지할 일이고도 남았다.

문득 뇌리를 파고드는 생각 하나.

'이거 혹시…… 프라나?'

당장 떠오르는 건 그것밖에 없었다.

아니, 떠오른다기보다 그냥 저절로 안다.

꿈속에 나타났던 노인이 각인시켜 놓은 능력이란 것을.

아울러 이제는 회귀한 이유 역시 노인으로 인한 것이란 것도.

물론 그 원인이 어디에 있었는지는 아직도 미궁이지만 하늘 기둥과 연관된 노인이 자신을 과거로 돌아오게 했다는 것만은 이제 확실하게 알았다.

담용의 눈이 극도로 좁아졌다.

여태까지도 자신의 이능력에 대해 긴가민가하는 점이 있었던 담용의 놀라움은 상상외로 컸다.

'하면…… 그때…….'

그때란 담용이 청계산 바위 동굴에서 2단계 차크라인 영능의 경지에 들어섰을 때를 말했다.

다만 지금껏 확신하지 못하고 있었을 뿐.

그 이유는 확인할 틈도 없이 백회혈의 충격으로 인해 곧바로 기절해 버렸기 때문이었다.

그 이후 줄곧 긴가민가해 오던 터였다.

한데 방금 나디, 아니 프라나 스스로가 말과 다름없는 의념을 전해 온 것이다.

확신에 찬 담용이 푸념하듯 중얼거렸다.

'헐. 여태껏 프라나를 나디로 알았다니…….'

차크라에 대한 연구를 통해 나디 너머에 프라나가 있음을 모르지는 않았지만 아직까지 완전하지 않다고 여겨 왔던 담용은 녀석이 말(?)을 걸어오고서야 온전히 깨달았다.

'이제 영능의 경지에 접어든 건가?'

1단계 차크라인 나디가 이능의 영역이라면 2단계 차크라는 영능의 단계로 프라나인 것이다.

불과 한 등급 차이지만 나디와 프라나는 그 궤를 달리할 정도로 엄청난 차이가 있었다.

배수로 환산하면 두 배, 아니 그 이상이었다.

당장 느껴지는 것만 해도 일방적인 의사 전달에서 상호 간의 대화가 가능해졌다는 점이었다.

즉 편도 일변도인 차선이 왕복 차선으로 바뀌고 그 폭도 확장됐다는 것.

에스퍼의 능력 또한 확대됐을 것은 당연했고, 그 외에 또 어떤 영역이 있을지는 지금으로선 알 수가 없었다.

나디 자체로도 일반적이든 특별하든 논리 자체를 추월하는 능력이었으니까.

아니, 에스퍼들 간의 영역에서도 초월적인 초초능력이라 할 수 있었다.

하물며 프라나의 능력이야 더 말할 것도 없지 않은가?

'이거야 원…….'

복권에 당첨된 기분이 이럴까 싶었다.

아무튼 이게 무슨 조화인가 싶었던 담용은 흥분되는 마음을 억지로 가라앉히고는 방금 전해진 의념을 읽었다.

'감시 카메라는 네가 알아서 처리하겠다고?'

쿨렁.

고개를 끄덕이듯 전해지는 느낌의 울렁거림.

오호, 대박.

'그래. 일단 시키는 대로…….'

뭐, 굳이 고집을 피워 거절하고 싶지도 않았다.

당장 변장이 급선무라 잰걸음으로 지하철 입구로 걸어갔다.

동시에 정수리가 꿀렁하더니 여러 개의 깨알이 터지는 듯한 느낌이 전해져 왔다.

느낌의 색깔은 페퍼민트 향기처럼 싸했다.

'응? 뭐지?'

나디가 반응한 이후로 처음 느끼는 감촉에 담용이 의아해했지만 곧 의념이 전해졌다.

'엉? 자각한 결과물이라고?'

그냥 저절로 해석이 된다.

그에 해연히 놀란 담용이 재차 물었다.

'진짜?'

쿨렁쿨렁.

그렇단다.

'오호! 감시 카메라를 전부 가렸다고?'

꿀렁.

이건 뭐, 알아서 다 하니 갑자기 할 일이 없어진 기분이었다.

'어쨌거나 잘됐지, 뭐.'

든든한 기분이 들었다.

'이제부터는 프라나라고 불러야 하나?'

그게 격에 맞다.

기혼인 남성과 여성에게 총각이나 아가씨라고 부를 수 없
듯이 말이다.

　이는 나디가 한층 성숙해져 프라나로 화했다는 의미였다.

　어쩐지 나디에서 진화를 거듭해 와서인지 프라나는 마치
제 옷을 입은 듯 편안한 기분이었다.

　'자세한 사정은 나중에 알아보면 될 터.'

　지금은 변장이 급했다.

　잠시 후, 화장실을 나온 담용의 변용한 모습은 이제 20대
를 갓 넘겼을 법한 청년이었다.

　거기에 쌀쌀한 날씨를 감안한 쥐색 패딩에 데님형의 청바
지 차림에다 머리카락도 젤을 잔뜩 묻혀 멋을 내고 있었다.

　더벅머리였을 때의 왕원샹이나 30대 중반의 이토 도시오
의 흔적은 추호도 찾아볼 수 없었다.

　'이제 숙소부터 잡자.'

　이미 조사해 놨던 터라 방향을 잠시 가늠한 담용의 발걸음
이 빨라졌다.

　자정이 훌쩍 지났음에도 미츠코시는 금융 상업 중심 지역
이라 그런지 휘황한 네온사인으로 불야성을 이루고 있었다.

　'일본이라 그런가? 수많은 불빛들이 요사스럽게만 느껴지
는 것은 나만의 착각인가?'

　일본에 대해서만큼은 감정의 골이 깊을 수밖에 없는 한국
인이라면 착각만은 아니리라. 뭐, 편견에 의해 이성보다 감

정이 먼저 앞선 탓이 크다는 것을 모르지 않지만 말이다.

불야성만큼이나 새벽임에도 오가는 행인들이 적지 않았다.

'대부분 젊은이들이군.'

패거리를 지었든 연인이 됐든, 밤의 문화는 한국과 마찬가지로 거리는 젊은이들의 차지였다. 그래서인지 웃고 떠드는 소음들로 시끌시끌했다.

잠시 걷다 보니 목적지의 랜드마크인 미스코치백화점이 바로 코앞에 있었다.

'어? 여기 어디쯤인데…… 아, 저기로군.'

기억을 더듬을 것도 없이 회전초밥집이 바로 보였다.

골목을 끼고 돌면 저렴한 호텔이 나온다.

오늘 밤을 보낼 장소였다.

'아, 니혼바시日本橋!'

기왕에 늦은 시간.

니혼바시에 대한 호기심에 조금 더 걸었다.

6, 7분 정도 정도 더 걷자 석재 다리가 나왔다.

にほんばし

'여기가 그 유명한 니혼바시로군.'

니혼바시는 도쿄도 주오 구의 니혼바시 강을 가로지는 다리 이름으로, 이 다리 주위로 발달한 상업 지구를 가리키는 지명이기도 했다.

'대표적인 금융 도시라더니 과연이군.'

그럴 것이 일본은행 본점과 도쿄 증권거래소를 비롯한 금융 회사들이 몰려 있어 돈이 가장 많이 몰리는 지역이기 때문이다.

'건너갔다가 오긴 좀 그렇고…….'

새벽으로 치닫는 시각이라 눈으로 본 것으로 만족하고 돌아섰다.

'출출하네.'

붕어빵 하나로 허기를 채울 생각이 없었던 담용은 예의 회전초밥집에서 모둠초밥을 주문해 들고는 호텔로 향했다.

'골목이 좀 어둡군.'

밤이 깊어서인가?

조금은 으슥한 분위기의 골목이 회랑처럼 뻗어 있었다.

'어째 범죄가 발생하기 딱 좋은 분위기 같은데?'

그나마 흐릿한 불빛이라도 있어 마음은 안돈됐다.

뭐, 딱히 두려운 것은 아니었지만 침침한 골목을 빨리 벗어나고 싶은 마음에 걸음을 재촉했다.

'하긴 이 시간에 으슥한 골목은 좀 아니지.'

한데 그런 생각에 반항이라도 하듯 뾰족한 음성과 동시에 경박한 음성이 한데 뒤섞여서 들려왔다.

"앗! 왜 이래!"

"오잇! 거기 안 서!"

"얘! 빨리 뛰어!"

귀에 거슬리는 협박성의 음성과 당황스러워하는 여성의 뾰족한 음성이 막 골목으로 들어서려는 담용의 걸음을 멈칫하게 했다.

와다다다…….

급박한 발소리.

'뭐, 뭐야?'

자신 쪽으로 가까워지고 있는 발소리에 돌아보니 두 여성이 사내들에게 쫓기고 있는 것이 아닌가?

담용의 미간이 살짝 찌푸려졌다.

주변을 쓱 둘러보니 그새 그 많았던 행인들은 오간 데 없고 유독 이쪽만 조용했다.

마치 드라마 상황극처럼.

'하필이면…….'

행인들이 없는 곳을 택해 달아나다니.

아마도 당황해서 이것저것 가릴 처지가 아니었던 듯싶었다.

'시끄러워지면 곤란한데…….'

히젠토의 탈취와 앞으로 전개될 문화재 탈취 문제도 있어 조용히 은둔하려던 일정에 차질이 생길 것만 같았다.

타타타탁.

급격히 가까워지는 두 여성.

'그냥 피해 버려?'

중차대하다면 중차대한 일을 목전에 두고 있어 관여하고 싶지 않다는 게 솔직한 심정이었다.

하지만 불쑥 가까워진 두 여성으로 인해 관여하지 않고 넘어가기에는 너무 늦어 버렸다.

"다스케테 구다사이! 다스케테 구다사이!"

다급하게 도움을 청하며 불시에 다가온 여성이 다짜고짜 담용의 소매를 붙잡고는 뒤로 숨어들며 같이 온 여성을 잡아끌었다.

"난희야, 얼른 이리 와!"

"어, 언니!"

'엥? 하, 한국말?'

담용의 표정이 단박에 곤혹스러워졌다.

비록 말은 조금 어눌했지만 뜻은 명료하게 전해져 왔다.

담용은 궁금증을 풀기 위해 입을 열었다.

"한국인이오?"

"어머! 마, 맞아요. 한국인……이세요?"

미니 청치마에 짙은 스모키 화장을 한 여성이 논란 토끼처럼 물어 왔다.

끄덕끄덕.

"그렇소."

"어머머…… 난희야, 한국인이래."

여성은 창망 중에도 뜻밖이었던지 그 한마디로 난희라 불린 여성을 안심시키고는 급하게 말을 이었다.

"까, 깡패들이에요. 도, 도와주세요."

한국어 발음이 뚜렷한 걸로 보아 재일 교포는 아닌 듯했다.

'유학? 여행?'

많이 쳐줘야 20대 중반의 나이로 보이는 두 여성.

입을 연 여성은 하얗게 질린 낯빛임에도 담용이 걱정되는지 표정에 약간의 염려가 어려 있었다.

기대 반 우려 반.

기대는 아마 담용의 듬직한 체구에서 기인한 것 같았다.

하지만 정신을 차리려 애쓰고 있는 모습이 역력했다.

아마도 감싸고 있는 여성을 책임져야 하는 보호자 입장인 듯했다.

난희란 여성은 얼굴을 반쯤 파묻고는 어깨를 가늘게 떨고 있었다.

언뜻 보기에도 두 여성 모두 늘씬한 체형에 하체가 긴 데다 윤곽이 뚜렷한 얼굴형이었다.

미인이라 할 수 있는 조건을 어느 정도 갖췄다고 할 수 있는 여성 두 명.

특히 반쯤 얼굴을 파묻고 있는 난희란 여성은 화장기가 별로 없음에도 눈에 확 띌 정도의 미모였다.

　사내들의 시선이 모이고 껄렁한 날파리들이 꼬일 수밖에 없는 미모가 깡패들을 끌어 들인 원인인 것 같았다.

　'하! 대담한 건가? 철이 없는 건가?'

　이런 새벽까지 배회하고 다니다니. 더구나 밤 문화를 지배하는 야쿠자들이 활개 치는 시각에 말이다.

　"여행 중인 거요?"

　"아, 아뇨. 전 재일 교포 3세예요. 얘는 우리 집에 놀러 온 친척 동생이고요."

　"아! 근데 왜 이리 늦게……."

　"집이 이 근처라 잠시 바람 쐬러 나왔어요."

　"아, 아……. 저놈들은 이곳 도쿄를 장악하고 있는 이나가와 카이 소속의 야쿠자 조직원들이에요."

　'이나가와 카이라고?'

　담용도 알고 있는 일본 도쿄 지역의 야쿠자 조직 이름이었다.

　'야쿠자라…….'

　이로써 조금은 불분명하게 남아 있던 망설임이 사라졌다.

　그나저나 이 여자는 뭘 믿고 나를 야쿠자 조직원과 대척점에 서게 하는지 모르겠다.

　"저놈들은 준고세이인(준구성원)이긴 하지만 이곳 미츠코시를 나와바리로 하는 조직원들이에요."

웬만한 사람은 알아듣지도 못할 용어를 써 대는 스모키 화장의 여성이다.

더구나 일본인도 아닌 한국인임에야.

하지만 이미 오래전부터 야쿠자에 관해 정보를 취합해 온 담용은 단박에 알아들었다.

'준고세이인이라면?'

아직 사카즈키 의식을 치른 정식 조직원이 아니라는 뜻이다.

사카즈키 의식은 별거 아니다.

회합에서 그냥 술 한 잔 받아 마시면서 충성 맹세하는 의식일 뿐이다.

그러나 야쿠자 조직원에게 당시 받아 마신 술잔은 평생 간직해야 하는 보물이었고, 그런 만큼 대단한 일이긴 했다.

아무튼 준고세이인이라면…… 뭐랄까?

조직원으로 받아들일 수 있는지 간을 보는 단계라고 할 수 있었다.

그 때문에 조직을 나간다고 하더라도 손가락을 자르는 단지 의식 같은 것은 없었다.

'헐. 이 여자…… 큰일 날 여잘세.'

자신부터 살고 보자는 식이 아니라면 이럴 수는 없다.

하기야 지금이라도 이 자리를 벗어나 버리면 해결되는 일이긴 하다.

그러나 그건 담용의 취향이 아니었다.

"그런데 야쿠자들이 왜 쫓는 거요?"

"놈들은…… 우릴…… 아니 내 동생을 다찌방에 넣으려고 해요."

"다찌방? 그게 뭐요?"

"그게…… 일본으로 오는 관광객들을 상대하는 보도방을 말해요."

'끙. 결국 성매매 대상으로 골랐다는 거잖아?'

그런데 아무리 생각해도 청치마 여성이 야쿠자들과 연관이 있다는 생각이 들었다. 말투가 그랬고, 거기에 딱히 두려워하는 기색이 큰 것 같지가 않았다.

더구나 여성이 야쿠자의 계급에 대해 이리도 세세하게 알기는 쉽지 않았다.

또 스모키 화장을 한 거나 야한 옷차림만 봐도 딱 그랬다.

원래 눈치가 빨랐던지, 담용의 눈이 모아지자 청치마 여성이 빠르게 말했다.

"제가 저들을 조금 알아요. 친하지는 않지만 같은 동네에서 컸으니까요. 하지만 재일 교포라 이루 말할 수 없을 정도로 괄시를 많이 당했어요. 아시죠? 일본에서 재일 동포의 처지가 어떤지는……?"

'으음.'

속으로 침음을 흘린 담용이 고개를 끄덕거렸다.

"대충은요."

"나는 어떻게 되든 상관없어요. 하지만 제 동생은 절대로 안 돼요. 그러니 도와주세요. 네?"

청치마 여성의 표정은 스모키 화장에 어울리지 않게 진지하고도 간절했다.

아마도 도망쳐 온 이유가 그녀 자신보다 난희란 동생 때문인 듯했다.

어쨌든 재일 교포들의 아픔이 그대로 전해지는 것 같아 담용의 마음이 아릿해졌다.

담용은 문득 바까총 카메라라는 말이 떠올랐다.

뭔 말인고 하니, 바로 '바보 조선인 카메라'라는 말이다.

バカチョンカメラ(바까총 카메라).

원문 전체로 표현하자면, 'バカでも朝鮮人でも事用できるカメラ'이다.

해석하자면 '바보 조선인도 사용이 가능한 카메라'의 줄임말인 것이다.

일제 말기인 태평양전쟁 당시, 일본인들은 조선인을 2등 국민으로, 중국인을 3등 국민으로 단정하며 무시하는 표현을 자주 사용했다.

비하하는 발언으로, 조선인들의 경우 '바보 조선인(바까총)이라서 안 돼.'라는 말을 입에 달고 살았고, 중국인의 경우에는 '바보 중국인(바까창꼬로)이라서 안 돼.'라는 표현을 썼던 것이다.

"오랜만에 방문한 동생을 저런 늑대들에게 넘겨줄 수는 없지 않겠어요?"

'쩝. 할 수 없군.'

핏줄의 힘은 대단했던지 담용으로 하여금 그냥 지나치도록 내버려 두지 않았다.

어차피 피할 생각도 없었던 차였지 않은가?

능력이 없다면 모를까?

"하나 물어봅시다."

"……?"

"내가 야쿠자 조직원들을 당해 낼 수 없으면 어쩌려고 그러오?"

사실 이게 무지 궁금했다.

"그, 그게……."

당황한 청치마 여성이 말을 못 하고 우물거리더니 이내 결심했는지 입을 열었다.

"그게 말이죠, 이나가와 카이는 지금 지역 사회에 인심을 많이 얻어야 하는 입장이거든요."

"인심을 얻어야 한다니! 그게 무슨 말이오?"

"실은…… 이나가와 카이는 현재 오오사카의 모리구치구미가 도쿄로 진출하면서 첨예하게 대립하고 있는 중이라 그래요."

'에? 야쿠자 조직끼리 싸운다고?'

"힘을 얻으려면 지역사회의 호응이 가장 중요해요. 조직원이 애먼 사람을 다치게 해서는 모리구치구미와의 싸움에 지장이 많거든요."

결국 그런 이유 때문에 담용이 다치는 일은 없을 거라는 논리였다.

뭐, 말이 되긴 하다.

사실 야쿠자들은 경찰이나 무고한 시민들을 공격하는 불필요한 행위를 하지 않는 것이 불문율로 되어 있었다.

왜냐하면 이들을 공격해서 얻는 이익보다 공격한 이후에 경찰이나 일반 여론에 의해 조직으로 되돌아오는 손해가 더 크기 때문이다.

"지역사회의 호응을 얻으려면 동생분을 다찌방에 넣으려고 납치하면 안 되는 거 아니오?"

"미국인과 일본인이 아니라면 상관이 없거든요."

'제기랄.'

결국 한국인이나 중국인 그리고 동남아인 등 외국인을 대상으로 납치하는 것은 상관하지 않는다는 말이었다.

이들은 지역민들과 하등 상관이 없으니 말이다.

'여기서도 힘의 논리가 적용되는군.'

미국인이 제외됐다는 것에 더 억장이 무너지는 담용이었

다.

'하여튼 이놈의 종자들은 뇌 구조가 이상하다니까.'

"그건 제 물음에 대한 대답은 아닌 것 같은데요?"

"아, 지금 그런 상황에 놓여 있기에 난투극까지 가지는 않으리라 보거든요."

'제 입맛대로 시나리오를 짜서 말하는군.'

뭐, 그럴 수도 있겠다 싶었지만 담용 자체가 한국인이다 보니 말 한마디만 섞어도 대번 표시가 난다.

이는 그냥 조용하게 넘어갈 리가 없다는 말이나 진배없다.

'까짓것 두드려 패면 되는 일이고.'

그보다는 한국에서도 야쿠자들과 엮이다 보니 그들의 상황을 조금 알고 싶어 다시 물었다.

"두 조직은 지금 어떤 상태요?"

"시내 외곽이나 변두리 지역에서는 싸움이 잦은 편이에요. 그것도 하루도 빠지지 않고 벌어지는 상황이죠."

'외곽에서 조여 오는 수법이라…… 전초전인 셈이군.'

이는 큰 세력이 작은 세력을 상대로 공격하는 전형적인 전법이었다.

야금야금 먹어 치우면서 접근해 온다고나 할까, 그런…….

"누가 유리할 것 같소?"

"아직은 잘 모르겠어요."

"모리구치구미가 압도적이지 않겠소?"

이건 너무도 빤한 스토리여서 그냥 나오는 말이다.

"세력만 보면 그렇죠. 하지만 이나가와 카이에서 스미요시 카이와 교쿠토 카이에 지원을 요청했거든요."

'흠. 하긴 이나가와 카이만으로는 모리구치구미를 당해 내기 힘들 테니 연합을 강구하겠지.'

큰 적을 맞이했을 경우, 군소 조직의 연합은 필수였다.

입술이 없으면 잇몸이 시릴 것이라는 진부한 얘기가 아니더라도 작용 반작용의 원리다.

"아, 교쿠토 카이에는 한국인들이 많은 편이에요."

"그래요?"

"네!"

처음 알게 된 사실이었다.

담용이 아는 바로는 교쿠토 카이가 사채업을 하기 위해 명동에 진출했다는 것이 전부였다. 그나마 스미요시 카이에 대해서는 아무것도 모른다.

청치마 여성과 잠시 대화하는 사이 사내들이 도착했다.

별로 급할 것도 없다는 듯 느긋한 모습들인 걸 보면 지역을 완전히 장악하고 있다고 봐야 했다.

사내들의 숫자는 도합 셋.

덩치 하나, 홀쭉한 얍삽이 하나, 땅딸막하니 차돌처럼 생긴 놈 하나.

역시 스물 중반 정도로 보이는 나이들.

덩치는 남들보다 어깨선이 위에 있다 보니 위압감이 장난이 아니었다.

다만 평범함을 거부하느라 근육을 풍선처럼 부풀린 것이 태가 났다.

뭐, 몸무게도 흉기가 될 수 있긴 했다.

빈 소매에 드러나는 팔뚝에다 컬러풀하게 떡칠한 듯한 문신은 덤이었다.

호리호리한 놈은 딱 세모꼴의 전형적인 얍삽이 인상이었고, 땅딸이는 제법 탄탄해 보였다.

놈들은 담용과 두 여성이 새장에 갇힌 십자매로 보였던지 입매에는 비릿한 웃음이 맺혀 있다.

'행적 노출은 어쩔 수 없게 됐군.'

하지만 어쩌랴?

재일 교포로 보이는 처녀들이 납치당하기 직전인데 그냥 지나칠 수는 없었다.

얍삽이가 나서며 대뜸 내지르는 말.

"이 헐렁한 놈은 또 뭐야?"

헐렁한 놈?

조무래기에게 그런 말을 들으니 기분이 무지 나빠진다.

'헐. 신주쿠의 가부키초에서 삐끼나 하면 딱 알맞은 면상인 녀석이…….'

억지로 자아내는 험악한 눈초리지만 자연스럽게 느껴지는

것은 이런 경험이 많다는 것을 단적으로 보여 주고 있었다.

급기야 발리송(접이식 칼)을 꺼내는 얍삽이다.

"전부 달라붙어서 조져!"

'오호. 쪽수 우열의 법칙이란 건가?'

마치 조폭 영화에나 나올 법한 클리셰 장면 같다.

담용의 눈빛이 착 가라앉은 맹수의 눈빛으로 변했다.

얍삽이는 체구가 왜소해서인지 발리송을 능숙하게 다루며 손장난을 하고 있는 중이었다.

'쯧. 이런 짓거리들이 아무렇게나 허용되고 있다니 도쿄의 번화가치고는…….'

실망이 뇌리를 스치고 지나갔다.

"어이, 길을 비켜 줄 테니까 그냥 갈 길 가지 그래?"

홀쭉이가 한 발짝 옆으로 비켜서며 손으로 안내하는 시늉까지 해 댔다.

'하, 가소로운 놈들.'

내심으로 한숨을 내뱉은 담용이 같잖다는 듯 입을 열었다.

"그냥 돌아가, 다치기 전에."

"뭐, 뭐? 다, 다쳐? 우리가?"

"하! 뭐, 이따위 놈이 다 있어?"

담용의 말에 어이가 없었던지 얍삽이와 홀쭉이가 서로를 쳐다보았다.

그럴 것이 놈들에게 이런 일이 단 한 번도 없었던 탓에 생경해서였다.

"갑시다."

"……?"

담용의 행동이 의외였던지 청치마 여성이 눈을 동그랗게
떴다.

"이, 이…… 빠가야로!"

무시를 당했다고 여겼는지 얍삽이의 머리 위로 김이 치솟
는 감정이 고스란히 닿았다.

이어 전해지는 느낌은 날카로운 흥기.

"어이, 야나기, 살살 해. 탄도(단도)는 좀 아니잖아?"

"맞아, 죽으면 곤란해. 우린 지금 중요한 시기라고."

"야나기, 저놈 좀 있어 보이지 않냐? 말썽 나면 안 된다
고!"

"쿠쿡. 내 눈엔 개털로밖에 안 보이는데?"

죽더라도 곤란해할 일이 전혀 없다는 의미로 하는 말이었
다.

'하…….'

날카로운 예기에 프라나가 본능적으로 살짝 울렁거렸다.

그래. 네 기분이 내 기분이다.

같은 기분의 한편이 있다는 것은 의외로 마음의 안정을 가
져다준다.

지금 담용의 기분이 꼭 그랬다.

바인더북

'괜찮으니까 진정해.'

프라나를 다독거린 담용이 두 여성에게 말했다.

"저놈들은 내가 맡을 테니 어서 가세요."

"어, 어떻게……?"

반쯤 갈등하던 청치마 여성이 고개를 완강하게 저으며 말했다.

"경시청에 신고할 테니 그때까지만 견뎌 줘요. 난희야, 어서 신고해!"

"아, 알았어."

"신고는 하지 말아요."

"아니, 왜요?"

'후우, 이 아가씨야. 그러면 내가 곤란해진다고.'

"아무 이상 없을 테니까요. 알았죠?"

"그래도 신고는 해야……."

'쩝. 신고하든 말든…….'

행인들이 보기 전에 한시라도 빨리 이 자리를 벗어나고 싶은 담용이 더 말을 섞지 않고 돌아섰다.

'어쭈!'

예의 얍삽이가 손에 예기를 뿜어내는 발리송을 쥔 채, 비죽비죽 웃음을 흘리고 있는 것이 아닌가?

손질을 잘해 왔던지 20Cm 정도 길이의 발리송에서 갈치의 비늘 같은 은빛이 반사되고 있었다.

'요로이도시를 개량한 건가?'

요로이도시는 아무런 장식도 없는 일자형의 짧은 칼이었지만 접이식은 아니었다.

야나기라 불린 얍삽이는 특기가 칼잡이인 듯, 양손으로 번갈아 가며 현란한 재주를 보여 주고 있었다.

"지금이라도 안 늦었으니 이대로 가는 게 어때? 내 크게 마음 써서 곱게 보내 주도록 하지."

청치마 여성의 말대로 요란하다 싶을 정도의 말썽은 일으키고 싶지 않은 듯했다.

절레절레.

잔챙이들과 말 한마디도 섞기 싫어서 도리질로 대신했다.

"하! 이 덜떨어진 놈."

"키키킥. 그러게. 저 밑도 끝도 없는 자신감은 또 뭐냐?"

"뱃가죽에 철판을 댔나 보지, 뭐."

"이봐. 야나기의 요로이도시는 철판도 뚫는다고."

"그렇다면 뭐…… 오랜만에 구멍 뚫린 배때지를 보는 것도 괜찮지. 흐흐홋."

"거기에 피 맛도 좀 볼 수 있겠군. 크크큭."

'젠장. 더 들었다간 귀가 썩다 못해 문드러질 것 같군.'

까닥. 까닥.

"그 입 좀 그만 나불대고 빨리 들어오기나 해."

담용이 귀찮다는 듯 검지로 들어오라는 신호를 보냈다.

그 모습을 본 덩치가 크게 웃음을 터뜨렸다.

"파핫하하! 야나기가 졸지에 조롱거리가 돼 버렸어. 크 큭."

"이잇! 코노야로(이놈)! 용서할 수 없다."

동료의 놀림에 분기가 치솟았는지 요로이도시를 공중으로 날렸다가 낚아챈 얍삽이가 잰걸음으로 잽싸게 다가서더니 '훅!' 하고 짓쳐들어왔다.

"시네(죽엇)!"

동시에 오른손이 쭉 내밀어졌다.

숙!

전형적인 찌르기 수법.

'얼라?'

보기보단 자세가 안정됐고, 동작도 군더더기 없이 간결했다.

그리고 생각 외로 빨랐다.

거기에 스냅을 틀어 일직선으로 찔러 오는 수법까지.

칼을 다룰 줄 아는 녀석이었다.

'이거 그냥 껄렁한 깡패들이 아닌데?'

칼을 다루는 솜씨를 보고 짐작을 했지만 그 이상이었다.

간명하고 빠른 속도는 시정잡배들이 지닐 스킬이라고 할 수 없었다. 아울러 야쿠자 조직의 준고세이인의 수준이 이 정도여야 하는가 싶었다.

슬쩍 상체만 틀어 흘리듯 피할 때, 별안간 얍삽이의 왼쪽 소매에서 침봉 같은 칼이 불쑥 튀어나와 옆구리를 찔러 오는 것이 아닌가?

상대의 동선을 치밀하게 계산한 이중 동시 공격에 담용의 눈이 번뜩했다.

얄팍한 수였지만 결코 무시할 수 없는 적절한 공격 수법이었다.

'이런!'

예상치 못한 불시의 공격.

아마도 이 수법에 대다수가 걸려들었을 것 같았다.

살짝 당황한 담용이었지만 대응하는 속도는 더 빨랐다.

간발의 차이로 홀쭉이의 손목을 잡음과 동시에 치켜세우며 번개같이 한 바퀴 돌았다.

후두둑.

"크아악!"

찌르기 수법으로 돌진해 있는 몸에 직각으로 작용하는 힘에 의해 과부하가 걸리면서 관절이 꺾이자, 홀쭉이의 입에서 비명이 터져 나왔다.

"헉! 저, 저거…… 시메! 놈을 죽여 버려!"

"요시! 이 체인으로 온몸을 난도질해 버리겠어."

홀쭉이의 비명에 팔짱을 낀 채, 느긋하게 구경하고 있던 사내 두 명이 깜짝 놀라 달려들기 시작했다.

땅딸막한 사내는 체인을 든 채였다.

담용이 홀쭉이를 엎어치기로 바닥에 처박아 버리고는 놈의 오른손을 지그시 밟아 으스러뜨렸다.

빠가각.

"끄으윽."

참을 수 없는 고통에 홀쭉이가 부들부들 떨며 비명을 흘릴 때, 담용은 이미 앞서 돌진해 오는 덩치를 향해 그대로 부딪쳐 갔다.

"오키! 이 다다시가 허리를 분질러 주마."

빡빡머리에 험악한 눈빛을 서리서리 뿜어내고 있는 덩치가 빈 소매를 걷어붙이고는 빠르게 덮쳐 왔다.

덩치의 그 말대로 담용의 허리 쪽을 향해 우악스럽게 잡아 왔지만 손에 걸리는 것은 아무것도 없었다.

담용이 꺼지듯 주저앉아 피해 버리고는 덩치를 뒤로하고 빠져나왔기 때문이었다.

'그렇게 흥분해서 달려드니까 동작이 커지지.'

두 여성이 우려된 담용이 피하는 즉시 엉거주춤해 있는 덩치의 엉덩이를 세차게 걷어차 버렸다.

퍽!

움직임은 가벼웠지만 타격은 묵직했다.

타격이 얼마나 강했던지 덩치의 전신이 들썩했다.

일면 느린 듯해 보였지만 타격 부위가 정확했던 탓에 실

끊어진 인형처럼 앞으로 고꾸라진 덩치의 입에서 고통스러운 비명이 터져 나왔다.

"커억!"

덩치가 입을 쩍 벌리며 비명을 내지를 때, 한껏 다리를 들어 올린 담용이 발뒤꿈치로 등짝을 내려찍었다.

"아악!"

덩치의 입에서 새된 비명이 터져 나왔다.

패대기쳐진 덩치는 개구리처럼 뻗어 버렸다.

신음도 움직임도 없는 걸로 보아 급작스러운 충격에 실신한 것 같았다.

당연히 동료들이 당한 모습을 본 땅딸이가 그냥 두고 볼리가 없는 일.

"이익! 코노야로우-!"

후웅! 후우웅-!

다급했던지 땅딸이가 체인을 휘두르며 무자비하게 후려쳐왔다.

단순한 자전거 체인 따위가 아니라 특별히 주문 생산한 것인지 톱날이 번뜩였다.

할퀴듯 때려 오는 체인을 담용이 그냥 맞받을 수 없어 팔에 사이킥 포스(강기)를 발현시켜 휘감아 버렸다.

차라라락.

이어 힘껏 잡아채자, 딸려 오던 땅딸이가 당황한 나머지 체인을 놓아 버렸다.

'쯧. 이따위 놈들의 수법이 통할 것 같았으면 일본에 오질 않았다.'

부웅! 붕! 붕!

'이거…… 사람을 불구로 만들기 딱 좋은 흉기로군.'

전세가 역전되어 오히려 담용이 체인을 무지막지하게 휘둘리며 뒤로 물러서는 땅딸이를 향해 후려갈기기 시작했다.

"헉! 아, 안 돼!"

'안 되긴 뭐가 안 돼!'

쫘악! 쫘! 쫘! 쫘!

체인을 채찍처럼 휘두르며 땅딸이를 무자비하게 후려치는 담용의 손엔 인정사정이 없었다.

"악! 악! 아악!"

'그 자식 되게 시끄럽네.'

체인이 땅딸이의 주둥이를 정확하게 핥고 지나가자, 대여섯 개의 이빨이 튀어나오면서 비명이 잦아들었다.

바들바들.

전신의 신경 다발이 고통을 이기지 못했는지 잔경련을 일으키던 땅딸이의 몸이 쭉 뻗었다.

'정신을 잃었군.'

손맛에 감이란 것이 있다.

담용은 땅딸이가 중상이라는 것을 알았다.

'여긴 됐고.'

쭉 뻗은 땅딸이를 확인한 담용이 꿈틀대고 있는 덩치에게로 향하더니 대갈통을 사정없이 걷어차 버렸다.

"컥!"

새된 비명을 흘린 덩치 역시 까무룩 기절해 버렸다.

'프라나, 놈들의 기억을 지워 버려.'

쿨렁.

"아가씨, 이놈들 병신 되기 전에 구급차 오라고 해요."

"네―!"

뜻밖의 조력자

"흠흠흠······."

두 여성과 심야 카페의 구석진 자리에 들어와 앉은 담용은
바로 눈앞에서 턱을 괴고는 눈도 깜빡이지 않고 빤히 쳐다보
고 있는 청치마 여성의 눈빛이 부담스러워 괜히 헛기침을 연
발했다.

"호호홋. 멋쩍어하는 표정까지도 멋지시네요."

'나 참······.'

담용은 이런 상황을 별로 경험한 적이 없어 어색해했지만
청치마 여성은 천성이 활달했던지 그런 험악한 상황을 겪고
서도 언제 그랬냐는 듯, 전혀 개의치 않는지 표정이 무척 밝
았다.

마치 그런 일쯤은 일상인 것같이 말이다.

"아무튼 어려움에 처했던 저희 두 자매를 구해 주셔서 감사드려요."

"아, 그 뭐……."

"근데 웬 싸움을 그리 잘해요?"

'싸, 싸움? 이 여자가?'

말하는 투가 꼭 싸움만 하고 다니는 말썽꾼 취급하는 것같아 찝찝해지는 담용이다.

"전 깜짝 놀랐지 뭐예요? 갑자기 다이구찌…… 아, 뾰족한 비수가 튀어나올 때 얼마나 놀랐는지 지금도 가슴이 쿵쿵 뛰고 있다고요."

'쩝.'

전혀 그렇게 보이지 않는데 저렇게 말을 하니 믿어야 할지 말아야 할지 헷갈렸다.

"아, 진짜라니까요. 여기 한번 만져 봐요. 제 말이 진짠지 거짓말인지……."

말끝을 흐리던 청치마 여성이 별안간 담용의 손을 잡고는 자신의 가슴에 갖다 대는 것이 아닌가?

'아니, 이 여자가?'

얼른 손을 빼자, 이미 그럴 줄 알았다는 듯 청치마 여성이 헤실헤실 웃으며 말했다.

"아쉽다, 진짠데……. 아, 근데 소매에서 비수가 튀어나올 때 미리 알아챈 것처럼 맨손으로 탁 막았잖아요? 이렇게!"

청바지 여성이 담용이 취했던 자세를 흉내 냈다.

그러다가 깜빡했다는 듯 다시 담용의 손을 잡아 왔다.

"아, 맞다! 손! 손은 괜찮아요?"

담용이 다시금 움찔했지만 손을 슬며시 탁자 아래로 내렸다.

'끙. 왜 안 물어보나 했지.'

그냥 잊고 지나쳤으면 좋았을걸.

"괘, 괜찮소."

"어디 좀 봐요. 상처가 났으면 치료해야 해요. 내 정신 좀봐. 황황 중이라 약도 못 사 왔네."

"아, 아. 그럴 필요 없소. 내 손은 멀쩡하니까."

"그럴 리가요? 어서 손 내밀어 봐요."

"……."

"아이, 어서요!"

탁자 위로 손까지 내밀며 완강하게 나오는 청치마 여성의적극성에 담용은 할 수 없이 손을 펼쳐 보이며 속으로 중얼거렸다.

'제길. 따라오는 게 아니었는데.'

아니 끌려온 건가?

생명의 은인을 이대로 보낼 수 없다느니, 조금이라도 은혜를 갚게 해 달라느니 하는 통에 울며 겨자 먹기로 끌려온 터라 기분은 썩 좋다고 할 수 없었다.

"옴마나! 정말 멀쩡하네요?"

눈이 구슬만큼 커진 청치마 여성이 담용의 손을 이리 뒤집어 보고 저리 뒤집어 보면서 호들갑을 떨어 댔다.

"세상에나. 그 날카로운 칼을 맨손으로 잡았는데 멀쩡하다니!"

'대화를 바꾸는 게 좋겠군.'

"집으로 가야 하지 않소? 원한다면 데려다주겠소."

"아! 집이 바로 근처여서 괜찮아요."

"하지만 동생분은 불안해하지 않소?"

"난희요? 얘, 불안하니?"

도리도리.

가녀린 인상과는 달리 제법 강단이 있었던지 난희란 여성이 고개를 저었다.

하지만 담용은 그녀의 은근한 시선에 부담스러워하고 있는 중이었다.

카페에 들어와 자리에 앉으면서부터 눈도 깜빡거리지 않고 줄곧 쳐다보고 있어서였다.

"호호호. 난희가 보기에는 야리야리해도 엄청 깡다구 있는 애거든요. 혼자라면 몰라도 저하고 함께라면 어디든 가는 애죠. 아, 그나저나 일본은 왜 온 거예요?"

다행히 대화의 주제가 바뀌었다.

"여행을 온 거요."

"와! 정말 낭만적인 분이시네요. 완전 부럽당. 난희야, 너도 부럽지?"

끄덕끄덕.

'이쯤에서 헤어져야겠군.'

담용은 자신이 지금 뭘 하고 있나 싶은 마음에 막 입을 열려다가 청바지 여성의 말에 막혀 버렸다.

"오늘 도착한 거예요?"

끄덕끄덕.

"주로 어딜 다닐 작정인데요?"

"뭐, 일단 숙소부터 잡고 좀 쉬어야겠지요. 그러니 이쯤에서 헤어……."

"어머나! 여태 이름도 못 물어봤네요."

하! 이 여자, 도무지 말할 틈을 주지 않는다.

"전 모모아야라고 해요. 한국 이름은 이채은이고요. 그냥 모모라고 부르세요. 한국 이름보다 그게 더 익숙해서요. 그쪽은요?"

"박이수."

여권에 기재된 이름이었다.

"얘. 너도 네 소개를 해야지."

꾸우벅.

"송난희라고 합니다."

"히힛. 외가 쪽으로 친척이에요. 촌수가 좀 멀긴 하지만 서로 워낙 자주 오가서 친자매나 다름없어요. 서울 강남에 살아요. 얘, 대치동이지?"

"응."

"전 스물여섯 살이고요, 난희는 스물넷이에요. 그쪽은요? 제 또래로 보이는데…… 맞아요?"

"아니오. 내년이면 서른 살이오."

"엑! 지, 진짜요?"

"나이 많은 게 자랑도 아닌데 그걸 부풀려서 뭐 하겠소?"

"그렇긴 한데…… 전혀 그렇게 안 보여서요."

'그거야 변장을 해서 그런 거고.'

아니라도 차크라로 인해 실제로 젊어져 가고 있어 사실 은근한 고민거리 중에 하나였다.

"그럼 오빠라고 불러도 돼요?"

점입가경이다.

이러다가 일에 지장이 있겠다 싶어 담용은 일부러 크게 웃었다.

"하하핫. 지금 헤어지면 또 언제 만날 수 있다고 오빠 동생 한답니까?"

"못 할 것도 없죠."

"흠. 그런 호칭은 조금 더 친해졌다고 느꼈을 때 하지요."

"헹! 까칠하기는. 암튼 좋아요. 글고 신세 진 것도 갚을 겸

오늘부터 가이드를 해 드리죠. 난희도 아직 구경 다 못 했으니 잘됐네요."

'엥? 가, 가이드?'

아, 이 점은 생각을 안 해 봤다.

일의 성격상 혼자 북 치고 장구 치고 해야 될 일이어서다.

"오늘도 저녁을 먹고 니혼바시에 바람 쐬러 갔다가 돌아가던 참에 그런 일이 벌어졌고요."

"제 생각에는 노리고 있었던 것 같소만."

사람을 납치하는 일은 살인하는 것이나 매한가지다. 일을 당하고 살아남는다 해도 정신이 피폐해져 남은 생을 제대로 살아가기 어렵기 때문이다.

즉 아무리 막 나가는 야쿠자라 해도 그런 큰일을 즉흥적으로 벌일 수 없다는 말이었다.

"그럴 리가 없어요."

"언니, 난 그럴 수 있다고 봐. 우리가 좀 쏘다녔어야지."

걱정 가득한 어조로 불안감을 벗지 못하고 있는 난희는 어두침침한 실내임에도 빛을 발하고 있었다.

'미인인 줄은 알았지만 피부가 백옥 같군.'

마치 명공이 구워 낸 백자 도자기처럼 눈이 다 부실 정도로 광채가 났다.

"얘, 야쿠자라고 해서 전부 그런 건 아니야. 나름대로 지킬 건 지킨다고. 이번 경우는 나도 좀 의아하긴 하지만……."

자신 없이 말끝을 흐리는 모모였지만 속사정에 대해서는 알 건 다 알고 있었다. 바로 사카즈키 의식을 치르기 전의 실적 때문이었다.

그리고 모모는 그녀 자신의 안전에 대해서는 자신만만했다. 이유는 모모가 달리 소속되어 있는 조직이 있었기 때문이다.

그것도 야쿠자와는 또 다른 종류의 단체로 누구도 무시하지 못하는 은밀한 조직이었다.

모모의 속내를 알지 못하는 담용은 말끝을 흐리는 것을 보고 이때다 싶어 말했다.

"조금 전과 같은 일이 또 일어날지 모르니 빨리 귀가하는 게 좋겠소."

"알았어요. 근데 숙소는 정했어요?"

"아직…….."

"어머! 잘됐네요. 저희 집으로 가요."

'엥?'

무슨 놈의 여자가 이리도 간덩이가 크냐? 아니 막무가내냐?

이제 막 만난 외간 남자를 집 안으로 끌어 들이다니.

일본이 성性에 대해 관대한 문화여서 그런가?

아니면 꺼릴 게 없는 성품이어서인가?

"어, 언니…….."

난희도 당황했는지 곤란해하는 표정을 자아내며 모모의 옆구리를 쿡 찌고는 사과를 해 왔다.

"죄송해요. 모모 언니가 가끔 가다가 주책맞은 짓을 해요. 이수 씨가 이해하세요."

"뭐얏!"

"하핫. 뭐…… 호의는 고맙지만 사양하겠소."

"여기서 멀지 않아요. 칸다역 근처라 5분도 채 안 걸려요. 저희 둘만 머물고 있어서 방이 남거든요."

"방이 두 개밖에 없잖…… 아얏!"

"넌 좀 가만히 있어."

어딜 꼬집혔는지 난희가 인상을 찌푸리며 허벅지를 마구 문질러 댔다.

'풋!'

아서라. 여자 둘만 거주하는 곳에 뭐 하러 방문한단 말인가?

"괜찮소. 이 근처에 괜찮은 숙소가 많다고 들었소."

담용의 말에 모모가 새삼스레 담용의 아래위를 살피고는, 남자처럼 입을 항아리만큼 벌리고 웃어 댔다.

"아하하하! 그래도 도미토리는 별로 권하고 싶지 않군요."

도미토리는 경비가 그리 풍족지 못한 여행객들이 주로 머무는 공동 숙소를 말했다.

'내가 그렇게 후줄근하게 보이나?'

편한 복장이긴 하지만 나름 깔끔하다고 여겼는데 모모의 눈에는 아닌가 보다.

"그 정도로 궁색하지는 않소. 아미스타…… 뭐라고 했는 데. 하핫, 그새 까먹었군요. 이 근처 어디쯤인데…… 아무튼 그 호텔에 머물 생각이오."

까먹을 리가 있나?

조금 어수룩한 게 나쁠 것이 없어 그리 말했을 뿐이다.

"아, 아미스타아사가야 호텔요? 거기 깔끔하죠. 인터넷도 가능하고요. 뭐, 선택은 잘하신 것 같네요."

"여기서 가깝소?"

"네. 멀지 않아요. 이따가 데려다줄게요. 그나저나 아쉽네 요. 뭔가 보답할 길이 있었으면 했는데……."

'보답?'

뭘 바라고 도왔던 건 아닌데…….

'일종의 오카에시인가?'

'오카에시'란 일종의 답례 문화로서 뭐든지 받은 만큼 그 이상으로 되갚아야 한다는 풍습에서 기인했다.

이를테면 결혼 축의금으로 1만 엔을 받았다고 가정할 때, 2, 3만 엔 상당의 답례품을 마련해 보내는 일본인 특유의 문 화라 할 수 있었다.

병문안이나 장례식장 역시 문상을 한 이후, 상주 측에서 답례품을 반드시 보내는 것도 같은 맥락이었다.

한국에도 품앗이라는 풍습이 있지만 거의 일대일의 성향이라 오카에시와 같다고 말할 수는 없다.

담용은 모모에게서 그런 느낌을 진하게 받았던 탓에 쉽게 빠져나갈 수 없음을 직감했다.

"그럼 주로 어딜 관광하실 건가요?"

역시 직감한 대로 끈질기다.

'흠. 도움을 받을 수 있다면 굳이 사양할 필요는 없겠지.'

어차피 계획도 없는 상태였다.

게다가 지리도 어둡고 문화도 익숙하지 않잖은가?

"일단 일본이란 나라를 아는 게 먼저일 것 같아 박물관부터 살펴보려고요."

짝!

"아하! 잘됐어요. 사실 제가 자주는 아니지만 가끔 아르바이트로 관광 안내원을 하고 있거든요. 이 바닥에서만 나고 자란 덕분에 그것만으로도 궁핍하게 살지는 않죠. 에헷."

"어, 언니."

"응? 왜애?"

"돌아다니다가…… 보복해 오면 어떡하려고 그래?"

"아, 그건 염려하지 않아도 돼. 밤에만 돌아다니지 않으면 되니까."

"그, 그래도……."

"옛날과 달리 요즘 야쿠자들은 지역사회의 눈치를 많이 보는 편이야. 그래서 대낮에 지역 주민들을 상대로 일을 벌이는 것을 극도로 꺼린다고. 그들은 밤 문화만 지배하니 낮에는 안심하고 다녀도 돼."

"그래도 불안해. 난 야쿠자 비슷한 사람들만 봐도 심장에 무리가 올 것 같단 말이야."

"호홋. 이것아, 넌 이 언니만 믿고 따라다니면 돼."

톡톡톡.

걱정하지 말라는 듯 볼을 두어 번 두드리자, 눈이 샐쭉해지는 난희였다.

"관광은 내일부터 하실 건가요?"

"그럴 생각이오."

"그럼 가까운 에도박물관부터 가 보도록 하죠."

'에도박물관?'

전혀 계획에 없던 박물관이라 일순 어리둥절해하는 담용이다.

하지만 이내 생각이 났는지 속으로 중얼거렸다.

'아, 도쿄가 원래 에도였지.'

그것도 과거 1100년간 일본의 수도였던 곳이 바로 에도, 즉 지금의 도쿄였다.

'도쿄국립박물관과는 다른 모양이군.'

"미타카의 지브리박물관도 볼만해요. 거긴 예약이 가능하려나? 일정을 봐야겠네. 아무튼 이곳 도쿄는 한 달을 머무른다고 해도 다 보지 못할 정도로 구경거리는 많아요."

"구경거리가 많다는 건 대충 알고는 왔소만……."

"대충 가지고는 안 되죠. 사찰만 해도 3천 개에다 신사가 2천 개나 되니 대충 둘러본다고 하더라도 최소 한 달은 머물러야 할걸요?"

'헛! 정말 많네.'

"뭐, 일본 정신의 총화이자 본향이라고 할 수 있는 곳이니 그 정도야 당연한 거죠. 그렇지만……."

"……?"

"동시에 도쿄는 한국과의 연결 고리가 있는 곳도 많아요."

"연결 고리라면?"

이건 들어 둘 만한 것 같아 담용의 귀가 쫑긋했다.

"호홋. 이수 씨의 표정을 보니 관심이 대단한 것 같아요. 제 말 맞죠?"

헛. 귀신이냐? 촉이냐?

"아, 제 전공과 무관하지 않아서요."

"어머머. 전공이 뭔데요?"

"하핫. 우리 천천히 가죠."

딱히 전공이랄 게 없는 담용이다 보니 얼버무리는 게 상책이라 여운만 남겼다.

"호호홋. 아직 신상을 털기에는 이르단 말씀이죠? 하긴 뭐, 그게 중요하지는 않죠."

"얘기를 계속 들어 보고 싶군요."

"훗! 궁금해하는 걸 보면 진짜 전공자 맞네요."

이쯤에서 10%쯤 공개하기로 마음먹었다.

앞으로 경악할 일이 많을 것을 감안하면, 담용을 이상하게 여기지 않아야 하는 이유였다.

"사학 전공입니다."

"사학! 그거 공부를 굉장히 많이 해야 하는 학문이잖아요?"

"좀 그런 셈이죠."

"하면 일본에는 논문 때문에 방문한 건가요?"

"꼭 그렇다기보다 겸사겸사해서…… 집안 어른께서 우리나라 역사를 이해하려면 중국사나 일본사를 제대로 알아야 한다고 강조하시기도 했고요."

"옴마나! 중국어도 할 줄 아세요?"

"조금요. 중국사를 공부하려면 중국어, 그러니까 한문은 필수라 할 수 있소. 뭐, 일본어가 가능한 이유 역시 일본사를 공부하기 위해 익힌 거고요."

"우와, 대단하시네요."

"뭐, 그리 대단할 것은 없소. 일본이 중국을 점령하려고 중국사를 체계적으로 연구했다는 말을 들은 탓에 조금 들여다본 수준이니 말이오."

"아, 그…… 만주국을 세운 거 말이죠?"

역사에 대해 조금 아는 게 있었는지 난희가 끼어들었다.

"일부이긴 하지만 그것도 포함되오. 물론 그런 연구 덕에 일부분 성공하긴 했소만."

만주국은 1932년에서 1945년까지 일본이 중국 동북 지방에 세운 국가를 말했다.

"그런 의도라면…… 에도박물관은 몰라도 지브리박물관은 큰 도움이 되지 않겠네요."

"오늘 오전에 도쿄국립박물관을 방문할 작정이었소만."

이미 새벽으로 접어들었으니 오늘이 맞다.

"아! 우에노공원에 있다는 것 정도는 알죠?"

"그 안에 있다는 건 알고 왔소."

"좋아요. 우리 거래해요."

"에? 거래라니요?"

"우선 얼마나 머물 건지부터 말해 줄래요?"

"적어도 열흘은 머물 예정이오만…… 상황에 따라 시일이 길어질 수도, 짧아질 수도 있소."

"후훗. 그 정도라면 저도 알맞아요."

'응? 뭐가?'

"은혜를 입었으니 내일 하루는 공짜로 관광 가이드 역할을 해 줄게요. 그 대신 밥은 사 줘야 돼요. 그다음 날부터는 아르바이트 비용으로 하루 1만 5천 엔. 식사와 간식거리 제공은 이수 씨가 감당하는 걸로 해요. 딜?"

하루 1만 5천 엔에 식사 제공이면 그리 비싼 건 아니었다.

"그 금액이면 거저나 마찬가지라고요. 제가 이래 봬도 나름 고급 인력이거든요."

'그렇게 안 보이는데?'

뭐, 천박하지 않은 날라리라면 모를까?

어디로 봐도 공부한 태가 나지 않았으니, 모모아야의 고급 인력이란 말에 담용은 거부감이 일었다.

조금은 고루한 담용의 성격상 당연한 반응이었다.

"언니, 나는?"

"얘는, 당연히 너도 포함되는 거지."

이상한 것은 난희의 태도로, 모모아야가 고급 인력이란 것이 당연하다는 듯한 표정이다.

"이수 씨, 대답해 주셔야죠?"

담용에게 양해도 구하지 않고, 난희까지 원 플러스 원 상품으로 만들어 버리는 모모였다.

"하핫. 갑작스러운 제안이지만 제 입장에서는 찬성입니다."

"와아아아!"

모모가 두 손을 번쩍 들어 올렸다.

"난희야, 이수 씨가 보기보다 돈이 많나 봐."

"어, 언니. 창피하게……."

꼬집.

"아얏!"

"정신 좀 차려."

"야! 아휴, 따가워."

'에헷. 복수했다.'

조금 전 꼬집힌 것에 대한 소소한 앙갚음에 만족하며 배시시 웃는 난희다.

그렇지만 팔뚝을 쓱쓱 문지른 모모가 난희를 한번 째려보고는 대범하게 웃어 대며 자리에서 일어섰다.

"아, 하하하핫. 이수 씨, 이제 나가요. 숙소로 데려다줄게요."

"하핫. 고맙소."

'후후훗. 참으로 유쾌한 아가씨네.'

이런 성격의 여자는 같이 뭘 해도 부담이 없어 좋을 것 같다는 생각이 들었다.

'뜻하지 않게 조력자가 생겨 일정이 좀 편해지겠어.'

사실 머리에 털 나고 처음으로 온 일본이라 아무리 인터넷의 정보를 이용해 움직인다고 해도 한계가 있어 시행착오는 겪기 마련이었다.

도쿄에서 나고 자란 모모 같은 여자의 안내를 받을 수 있다면 한껏 이용해 목적을 이루는 것이 더 나았다.

이랬든 저랬든 도쿄에 도착한 첫날부터 불미스러운 일은 있었지만 얻은 것도 있었다는 것에 만족했다.

바다로 치면 항해가 순조로울 것 같은 예감이랄까?

BINDER
BOOK

주먹이 운다

밤늦은 시각의 이나가와 카이 본부.

제법 널찍한 실내는 일본 전통 바닥재인 다다미가 깔려 있는 가운데, 정확히 열 명의 사내들이 머리를 맞대듯 가까이 다가앉아 굳은 안색으로 회의를 하고 있는 중이었다.

최근의 분위기를 말함인지, 마치 사카즈키 의식이라도 치르는 듯 실내에는 무거운 공기가 내려앉아 있었다.

상석에 앉은 야마카와 호지의 안색 역시 그다지 밝지 않았다.

어떤 대화를 나눴는지 야마카와의 입에서 침중한 음색이 흘러나왔다.

"모리구치구미에서 야마나카 세이지를 내세워 진두지휘케

하고, 이케다 쓰네를 행동대장으로 삼았다? 나카타, 이 정보 확실한가?"

"확실합니다, 오야붕."

"야마나카는 그렇다 치고 이케다는 만만치 않은 녀석인데…… 그렇지 않나?"

"하! 전 일본 공수도 챔피언 출신이긴 합니다만 우리 쪽에는 카라테의 고수인 이쿠다가 있습니다."

"그래. 이쿠다가 있긴 하지. 그러나 그 혼자서는 무리라는 걸 모르지 않겠지?"

"아, 무려 2만 명 대 6천 명의 결전이니 전력의 차이는 있습니다. 물론 원정을 온 격이니 인원상으로는 대등할 것입니다만, 우리는 스미요시 카이가 지원하기로 했으니 얼마든지 극복할 수 있습니다."

"스미요시 카이에서 내세우는 아이는?"

"아, 요시츠네 고로입니다."

"흠. 요시츠네라면…… 괜찮은 것 같군."

고개를 끄덕이고는 있지만 내심은 머리를 팍팍 굴리고 있었다.

'둘로는 잽이 안 돼. 무조건 고수를 영입해야 해.'

그럴 것이, 이케다 쓰네라는 놈은 자타가 공인하는 야쿠자 제1의 사무라이였다.

비록 현대에 와서 총기 사용으로 인해 조금씩 희석이 되어 가고 있긴 했지만, 냉병기 시대라면 전 일본 제일의 사무라이라고 해도 지나친 말은 아니었다.

때마침 적아를 막론하고 묵인된 것이 총기 사용 금지이니 이케다 쯔네의 활약은 불문가지일 것이다.

총기 사용?

일본 국가공안위원회가 벌떡 들고일어날 일이다.

왜냐면 일본 경찰청 상부 기관이기에 경찰이 떼거리로 몰려들 것이란 얘기다.

그렇게 되면 전쟁은 물 건너간다.

약체인 이나가와 카이로서야 그걸 노리고 총기 사용을 할 법도 하지만 천만의 말씀이다.

혹시 대대적인 총기 사용의 원인 제공자로 밝혀지기라도 한다면 '카이'의 존속 자체가 어려워진다.

고로 차라리 피해를 입더라도 연합해서 전쟁을 치르는 것이 나은 것이다.

"주특기가 칼이었던가?"

"하! 검도 고수입니다. 총기를 사용하지 않기로 한 이상 냉병기 달인의 가세는 큰 전력이라 할 수 있습니다."

"교쿠토 카이에서는 뭐라던가?"

"연합할 것은 확실합니다만 아직 내세울 인물을 결정하지 못했다고 합니다."

"교쿠토 카이를 믿을 수 있겠나?"

"자이니치(재일 한국인)들이 이끄는 조직이지만 나와바리를 침범당하는 상황에서 협조는 필연입니다."

"그래. 그 말은 맞는데…… 지금 교쿠토 카이도 외곽을 침범당하고 있나?"

"아직입니다. 그러나 시비를 계속 걸어오고 있다고 합니다."

시비를 걸어왔다면 야쿠자들의 속성상 싸움은 금방 일어난다. 그건 곧 서로 손을 잡지 않고는 배기지 못한다는 얘기나 같았다.

"크흠. 어찌 됐든 모리구치구미가 관동을 손아귀에 넣으려고 마음을 단단히 먹었다는 건 변치 않을 것 같군."

일본의 관동 지방은, 도쿄를 비롯해 이바라키현, 토치기현, 군마현, 사이타마현, 치바현, 카나가와현의 1도 6현을 말함이다.

즉 수도권인 셈인데, 25개에 이르는 조직 중에 이나가와 카이와 스미요시 카이 그리고 교쿠토 카이가 삼분하고 있다고 해도 과언은 아니었다.

밥그릇인 나와바리를 침범당하는 상황이다 보니 둘 사이의 연합은 필연이었다.

"어떻게 보면 여태 많이 참았다고 봐야지요."

모리구치구미에서 관동을 노린 것이 새삼스러운 일이 아니라는 얘기다.

끄덕끄덕.

"인정하고 싶지 않지만 거스를 수 없는 상황이긴 하지."

하기야 모리구치구미의 근거지인 고베시가 현재 포화 상태여서 세력 확장을 할 수밖에 없는 처지였다.

고로 다른 지역보다 알토란 같은 도쿄를 노릴 거라는 점은 사타구니에 터럭이 나기 시작하는 애들조차 짐작하고 있는 일이었다.

"그래, 언젠가는 벌어질 일이었지."

고개를 연방 주억거리던 야마카와가 오른쪽으로 시선을 보냈다.

"사카이."

"하이, 오야붕."

"자네에게 진두지휘를 맡기지."

"하이! 죽음으로 막아 내겠습니다, 오야붕."

힘차게 답한 사카이의 이마가 바닥에 닿았다.

"이쿠다!"

"하이! 오야붕."

왼쪽 두 번째에 앉아 있던 사내가 무릎걸음으로 나섰다.

"네가 결사조다."

이케다를 상대하는 결사조.

"하지만 요시츠네와 합을 맞추기는 쉽지 않을 거다. 그들도 나름의 작전이 있을 테니까. 네 기량을 보완해 줄 만한 식구가 있나?"

"수하 중에 쇼지 유고라는 아이가 있습니다."

"쇼지 유고?"

못 들어 봤는지 고개를 갸우뚱하는 야마카와다.

"마키노 밑에 있는 아입니다."

"아, 아. 마키노."

고개를 주억거린 야마카와가 말을 이었다.

"그 아이가 제법 실력이 있는 모양이군."

"또래 중에서는 발군이라 눈여겨보고 있던 참이었습니다. 같이 합을 맞추면 상대가 가능할 것입니다."

"좋아. 네가 그렇게 판단했다면 믿겠다."

"핫! 놈의 목을 기필코 따겠습니다."

"그래. 네 후사는…… 내가 책임지마."

죽게 되면 가족들을 책임지겠다는 말.

"하!"

결사조로 지명됨은 이쿠다의 죽음을 기정사실화하는 것이었다.

그럼에도 불구하고 단 1초도 주저함 없이 이마를 바닥에 찧는 이쿠다였다.

그때, '스륵' 하고 미닫이문이 열리면서 조심스러운 음성이 들려왔다.

"대오야붕, 나카무라가 보고할 게 있다고 합니다."

"들여라."

"핫!"

곧이어 사내 하나가 무릎걸음으로 다가와 문턱에서 멈추고는 머리를 숙였다.

"나카무라, 무슨 일이냐?"

"극진흑룡회에서의 전갈입니다."

"뭐, 그, 극진흑룡회?"

"하이."

난데없이 극진흑룡회란 말이 튀어나오자, 무거운 침묵이 감돌던 실내에 연못에 파장이 일듯 동요가 일었다.

동시에 표정들이 각양각색으로 얼룩졌다.

당혹, 기대, 희망이 공존하는 낯빛들이다.

극진흑룡회가 모리구치구미와 밀월 관계임은 공공연한 비밀이었기 때문이다.

작금에 와서 연락이 왔다면 '중재'밖에 없다는 것은 모두의 생각이었다.

야마카와 호지 역시 눈빛이 일렁거리기는 마찬가지였지만 내색을 감추며 물었다.

"무슨 일이더냐? 아니, 누구에게서 온 것이냐?"

"타무라 츠오시였습니다."

"타무라 츠오시?"

"하이."

타무라 츠오시라면 극진흑룡회에서도 꽤나 비중 있는 인물이라 기대는 조금 전보다 더 커졌다.

와카가시라若頭, 즉 부두목 중 한 사람이었으니까.

이는 곧 대오야붕이 될 수 있는 위치의 인물이라는 것.

그런데 조금 이상했다.

그도 그럴 것이 이맘때면 극진흑룡회에서 대단히 중요하게 여기는 행사를 치러야 했고, 그 책임자가 타무라 츠오시라는 점이었다.

이는 매년 연례적으로 행하는 오코나우 행사였기에 웬만한 야쿠자라면 다 알고 있는 사실이었다.

"타무라는 지금…… 후쿠오카에서…….."

말을 흐렸지만 좌중에 있는 사람들치고 모르는 사람들은 없었다.

그러니까 토오 가츠아키와 이주회의 기일을 맞아 쿠시다 신사에서 오코나우 의식을 치르고 있음을 알고 있다는 얘기였다.

"하! 거기서 연락을 해 온 것입니다. 처음에는 엔도가 연락해 왔지만 곧 타무라 상이 정식으로 요청해 왔습니다."

"흐흠. 내용은?"

"후쿠오카에서 도쿄로 온 중국인 학생 한 명을 수배해 달라고 했습니다."

"……!"

이게 뭔 엉뚱한 소린지 하고 잠시 멍을 때리던 야마카와가 급히 물었다.

"그게 무슨 말이냐?"

"전달받은 그대로 전해 올리는 것입니다. 자세한 내용은 여기……."

나카무라가 서류 한 장을 내밀었다.

문 발치에 꿇어 앉아 있던 사내가 잽싸게 가져다 야마카와에게 건넸다.

가장 먼저 눈에 띈 내용은 첫머리의 일급 수배령이란 단어였다.

그 아래로 몽타주, 이름, 나이, 신장, 옷차림, 비행기, 도착 시간 등이 차례대로 적혀 있었다.

그리고 '특별히'란 말을 덧붙이며 그 시간대의 감시 카메라를 확보해 달라고 했다.

이어서 곧 엔도와 부하들이 도착할 테니 잘 부탁한다고도 했다. 타무라 역시 기회가 되면 한번 봤으면 한다고도 적혀 있었다.

그렇게 대충 훑던 야마카와가 고개를 갸우뚱하며 중얼거렸다.

"일급 수배령이라……."

"오야붕, 무슨 내용입니까?"

"모두 돌려서 보게."

나카타의 물음에 야마카와가 쪽지를 건넸다.

잠시 후, 쪽지의 내용을 살펴봤다고 여긴 야마카와가 입을 열었다.

"난데없는 내용인 줄 아네만 어떻게 해야 할지 말해 보게."

그 즉시 나카타가 나섰다.

"오야붕, 당연히 협조해 줘야 합니다."

"지금은 사정이 여의치 않잖은가?"

"그래서 더 나서야 합니다. 그것도 적극적으로요."

"흠. 이유를 말해 보게."

"일단 중국인 학생을 수배해 잡아 놓는 겁니다. 그런 다음 중재를 부탁하면 어떻겠습니까?"

"크흠. 타무라의 입김만으로 가능할까?"

타무라가 아무리 극진흑룡회의 차기 오야붕 자리를 노리는 인물 중 한 명이라고는 하지만 모리구치구미의 대오야붕에 비할 바는 아닌 것이다.

"타무라의 입김은 중요하지 않습니다. 중국인 학생의 가치가 어떠냐에 달렸으니까요."

끄덕끄덕.

"하긴……."

맞는 말이다.

1급 수배령을 내릴 정도의 요주의 인물이라면 타무라의

입김은 별로 중요치 않을 수도 있었다.

"오야붕, 외곽에서의 접전은 당장 어찌할 수 없는 일이지만 이번 부탁은 본격적인 전쟁에 들어가기 전에 해결해야 합니다. 서둘러 명을 내려 주시지요."

"어차피 그 일이 아니어도 거절할 수는 없는 일이니……."

"스미요시 카이와 교쿠토 카이에도 협조를 얻어야 합니다. 도쿄가 넓다는 것도 있지만 이번 일을 공조하는 것 자체가 모리구치구미와의 전쟁에 도움이 될 수 있습니다."

서로 간에 커뮤니케이션만 원활히 이루어져도 불리한 전쟁에서 살아남을 수 있다는 뜻이었다.

"오잇!"

탕!

"나카타, 자네 말이 옳다. 그 두 조직에는 내가 직접 전화해서 협조를 얻어 내겠다. 사카이!"

"핫! 오야붕."

"이번 의뢰는 자네가 맡길 바란다. 엔도와 그 부하들이 헬기를 타고 온다고 하니 마중을 나가. 아, 우선 쪽지를 복사해서 애들에게 나눠 주고. 어서 내보내라."

"알겠습니다."

"찾는 대로 보고하도록!"

"명을 받습니다, 오야붕."

"잘만 하면 전쟁을 미룰 수 있을 것 같다. 그러니 나머지

주먹이 운다 103

도 움직여!"
　"하이!"
　"핫!"

바인더북

모모, 네 정체가 뭐냐?

전체 길이 120Cm, 칼날 길이 90Cm.

완한 곡선에 명함보다 좁은 칼날, 그 자체가 오히려 더 예기를 뿜어내는 것 같은 검신.

일국의 국모였던 명성황후의 선혈이 묻어서인가?

칼날은 칙칙한 묵 빛이 광채로 화해 요요히 빛나고 있었다.

요사스러운 빛은 철천지원수 놈의 눈빛 같기도 했고, 절명한 명성황후의 표독하도록 섬뜩한 눈빛 같기도 했다.

'편히 눈 감으시오. 복수는 원 없이 해 드리리다.'

100여 년의 시공을 초월해서 복수를 운운하는 것이 뭔 의미가 있겠냐만, 담용은 상징성으로 여겼다.

칼집에는 칼의 용도가 뭐였는지 극명하고도 적나라하게
보여 주는 글귀 한 구절이 쓰여 있었다.

일순전광자노호—瞬電光刺老狐(늙은 여우를 단칼에 찔렀다)

이른바 작전명 '여우사냥' 때 쓴 글귀로 인해 묵광이 서슬
퍼런 빛을 더하는 것 같다.
"살인적인 예기로군."
얼핏 보기에도 갖다 댈라 치면 그 즉시 베일 것같이 잘 벼
려 있는 날이 마음을 섬뜩하게 했다.
명인의 손에서 금방 탄생된 것 같은 느낌이었지만 무려
400년 전에 제작된 검인 히젠토.
그럼에도 아직까지 살기를 숨기지 않는 연유는 피를 갈구
하기 때문일 것이다.
담용이 아는 바로, 히젠토는 에도 시대 칼의 명인 다다요
시가 만든 검이었고, 실제로 사람을 베기 위한 용도의 도검
이라고 했다.
'네가…… 명성황후를 베었더냐?'
아, 이 말은 모순인가?
명검이긴 해도 어찌 자각이 있을까?
사람의 의지에 의해 살검도 활검도 되는 것을.
하지만 히젠토는 살검에 가까웠다.

명성황후를 떠올리니 안중근 의사가 만주 뤼순에서 복수를 한 사건이 생각났다.

바로 이토 히로부미를 살해한 장면이다.

안중근 의사는 재판부에 자신이 그리 행한 이유를 15가지로 정리해 제출했다.

그중 첫 번째가 다름 아닌 국모를 살해했다는 이유였다.

−남의 나라 국모를 죽인 죄를 복수하기 위해 이토를 죽였다.

황후의 처참한 죽음이 조선 젊은이들의 피를 끓게 한 결과로 나타난 것이 바로 이토 히로부미의 죽음이라는 것.

하지만 명성황후 살해에 가담한 미우라 공사와 오카모토 류노스케, 아다치 겐죠 그리고 토오 가쓰아키를 비롯한 낭인 55명은 단 한 명도 죽지 않았다.

잠시 히로시마 구치소에 갇혔지만 증거 불충분으로 전원 석방됐다.

당연한 결과인 것이 원흉인 일본이 직접 기획하고 실행에 나섰던 일이었기에 그렇다.

반면에 이토 히로부미를 죽인 안중근 의사는 석방되지 못하고 뤼순 감옥에서 생을 마감해야 했다.

'후우. 이런 역사적 사실을 교육받은 적이 없으니……'

현실이 그렇다 보니 담용도 일본에 오기 전에 공부하지 않았더라면 알지 못했을 것이다.

문득 단재 신채호 선생의 말이 떠올랐다.

ㅡ영토를 잃은 민족은 재생할 수 있어도 역사를 잊은 민족은 재생할 수 없다.

'휴우. 대한민국의 미래가 어찌 될지……'

100년 전의 이 사건은 그리 먼 과거라 할 수 없음에도, 국민들 중 역사에 관련된 자가 아니면 아는 사람이 극히 드물었다.

대한민국도 국력이 약했던 탓에 당한 일이긴 하지만, 더 문제는 전혀 반성하지 않는 일본이었다.

'과거로 미래를 다 덮어 내기엔 애초에 불가능한 걸 알면서도 일본 족속들은 왜 그리도 안달복달하는지 모르겠군.'

담용은 고려 시대나 조선 시대보다 근대사를 더 알차게 교육시켜야 한다는 사람 중에 한 명이었다.

특히 일제강점기 시절의 사건들에 관해 더 심도 있게 가르쳐야 한다는 주의였다.

두 번 다시 그런 억울한 일을 당하지 않으려면 반면교사로 삼아 반복하고 또 반복해서 학습해야 옳다.

'이건…… 뭐지?'

색이 잔뜩 바랜 한지 봉투 한 장.

프라나가 쓸데없는 것까지 가지고 왔나 싶어 생각 없이 개봉해 펼쳐 보던 담용의 미간에 골을 깊이 파였다.

皇后をこの刃物で切った(황후를 이 칼로 베었다).

'이런 육시랄······.'

문서로까지 기록해 놓았을 줄이야.

이건 '늙은 여우를 단칼에 찔렀다.'라고 쓴 글귀를 뒷받침하는 확인 사살용 글귀나 다름없었다.

늙은 여우가 곧 명성황후를 뜻했으니 말이다.

"흠. 어쨌거나 취했으니······."

국정원에 반환하면 없애든 보관하든 알아서 할 것이다.

'그냥 반환해?'

너무 싱겁다는 생각이 들었다.

반환하기 전 이 살검으로 누구를 죽여야 할 것인가를 고민해 보는 것도 능력자의 마음인 것.

침략자로서 수많은 조선인들의 생명을 앗아 간 이토 히로부미와 아무런 죄가 없었던 명성황후의 목숨값은 같은 선상에 두고 논할 대상이 아니었다.

그렇기에 명성황후의 목숨값을 받아 내야 한다는 것이 담용의 지론이었다.

이는 문화재와는 차원이 다른 문제여서 별도로 계획해야
했다.

"이 문제는 문화재부터 되찾은 다음에 생각해 보자."

스르륵, 척.

담용이 히젠토를 납검시켰다.

'프라나, 잘 보관해 줘.'

미미한 기척이 있은 뒤, 침상에 올려 둔 히젠토가 사라졌
다.

'그나저나 프라나의 용량이 얼마나 되는지를 알아야 하는
데⋯⋯.'

도무지 알 방법이 없었다.

아미스타아사가야 호텔에 체크인해서 입실한 후 궁금증을
풀기 위해 곧바로 프라나에게 물어봤지만, 그 부분만큼은 어
떤 감응도 하지 않아 알 도리가 없었던 것이다.

담용의 고민은 다른 데 있지 않았다.

바로 문화재가 규격화되어 있지 않다는 것이다.

손바닥만 한 것에서부터 집채만 한 것까지, 또한 나풀대는
종이류에서부터 무거운 돌덩이까지, 거기에 종류도 다양해
천차만별이다.

하물며 육중한 무게의 석탑 같은 것도 있었다.

정구웅 씨 왈.

－일제강점기 시절 일본이 한국의 문화재를 수탈해 간 숫자가 빙산의 일각에 불과할 정도로 놈들이 훼손한 문화재는 그 수를 헤아릴 수 없을 정도로 많습니다. 대표적인 것이 미륵사지석탑과 석굴암이죠. 국보 제11호인은 미륵사지석탑이 일본 놈들에 의해 심하게 훼손된 것과 국보 제24호인 석굴암은 전체를 분해해 반출을 시도할 정도였으니까요. 더욱이 보수라는 명목으로 공사를 하다가 불상 두 개를 훔쳐 가기도 했지요.

그렇듯 적지 않은 불상이나 석탑까지 반환시키려면 프라나의 용량을 아는 것이 급선무였다.

'후우, 할 수 없지. 일단은 가벼운 것부터 시작하는 수밖에.'

그러다가 문득 오쿠라컬렉션이 생각난 담용의 얼굴이 일그러졌다.

'이…… 쳐죽일 놈.'

특히 신라금동관모는 정구웅 씨의 말대로라면 반드시 되찾아 와야 하는 문화재였다.

왜냐면 일본이 제 놈들 것이 아님에도 불구하고 국가 문화재로 지정할 만큼 그 가치가 출중하기 때문이었다.

'얍삽한 족속들 같으니…….'

담용이 이런 소리를 하는 데는 이유가 있었다.

오쿠라는 유물 반환이라는 말이 나오자마자, '오쿠라컬렉션 보존회'를 설립해 유물을 관리했다.

게다가 그것으로도 불안했던지 1982년 그의 아들이 유물들을 도쿄국립박물관에 기증해 버렸다.

도쿄국립박물관에 기증된 이후 오쿠라컬렉션은 민간 소유가 아니지만 불법 반출됐다는 증거가 분명하지 않다는 이유로 대한민국에로의 환수가 어렵게 되었다.

그 유물들이 무려 1,000점이 넘는다고 하니 억장이 무너질 지경이다.

'흥. 모조리 쓸어 오겠다.'

그뿐만 아니라 일본 유물들도 할 수만 있다면 깡그리 한국으로 담아 갈 작정이다.

덤으로 중국이나 동남아 유물들까지도.

이는 한국 유물들만 사라지게 되면 의심을 사기 십상이어서다.

즉 의심 대상에 혼선을 주기 위해서다.

더하여 각국에 유물들을 돌려주면서 동시에 국가에 이득이 될 만한 사업을 추진하는 데 도움을 줄 수도 있을 것이다.

'몇 번을 오가더라도 기필코 해낸다.'

담용의 능력이 최절정에 이른 지금이 아니면 더는 기회가 없음을 알기에 스스로 마음을 다잡는 것이다.

'아, 독도 문제도 있구나.'

특히 사베 츠요시는 반드시 징치해야 할 작자였다.

이 작자는 향후 독도 문제로 한국을 줄기차게 괴롭히는 한편 아무런 거리낌이 없이 야스쿠니신사를 찾아 참배해 한국과 중국의 분노를 자아냈다.

'지금은 내각관방 부장관이지 아마?'

조사한 바로는 그랬다.

그리고 또 다른 인물인 가토 료조.

이 작자는 현재 일본외무성 아주국장으로 재직하고 있다.

특히 얼마 전에 독도, 즉 다케시마가 일본 땅이라며 조속히 반환할 것을 성명 발표한 바가 있었다.

'뭐, 뒤에서 등을 떠밀어 대니 어쩔 수 없이 발표한 것이겠지만 본보기는 어디에서나 있는 것이고 또 필요악인 법이기도 하지.'

그리고 또 있다.

하시모토 일본 총리를 비롯한 이케다 유키히코 일본 외상 등이 역사적으로 독도가 일본 영토라고 망언을 일삼고 있었다.

'흥! 독도가 일본 땅이라는 말만 나와도 어찌 되는지 두려움에 떨게 해 주마.'

다소 치기적인 발상이긴 하지만 즉각적인 조치만큼 그 효과는 분명하게 나타날 것임을 믿어 의심치 않는 담용이었다.

"아 참. 미야자와 가쿠에이를 먼저 처리해야지."

씹어뱉듯이 중얼거린 담용이 생각한 작자는 한마디로 표현해 일본 정치계의 대부다.

게다가 전 총리이자 지금도 총리 메이커로 불리는 작자였다.

일본 정치 역사상 최장수 중의원으로 무려 14선의 기록 보유자다.

"일본 극우파의 대부이기도 하고……."

나아가 한국의 암적 존재라 할 수 있는 중추원과는 떼려야 뗄 수 없는 관계에 있는 작자였다.

'이 작자를 처리하면 중추원은 꽤나 타격이 크겠군.'

그도 그럴 것이 중추원의 회원들이 일본에만 오면 마치 신자들이 성지라도 찾듯, 미야자와 가쿠에이를 방문해 충성을 다짐하는 의식을 치른다는 것이다.

'배알도 없는 새끼들.'

마음 같아서는 깡그리 처치해 버리고 싶지만 누르고 눌러 참고 있는 중이었다.

하지만 손을 볼 시간이 머지않았다.

"어디 어느 구름에서 비가 올지 한번 겪어 봐라, 크흐흐훗."

그 구름이 희망의 대박이 아닌 쪽박의 폭탄이 될 테니까.

"으음. 문화재와 일부 정치인이나 관료 들을 처리하려면 시선을 끌 만한 뭔가가 있으면 좋을 텐데……."

사실 지극히 타당한 얘기다.

국보급 문화재가 사라지는 것만으로 경악할 일인데 거기에 정치인과 관료 들까지 문제가 생긴다면 일본은 그야말로 패닉에 의한 혼란에 접어들 것이다.

그 말은 곧 국가공안위원회에 비상사태를 야기시킴과 동시에 전국에 경찰들이 쫙 깔린다는 뜻이었다.

그렇게 되면 담용의 일도 주춤하게 됨은 불문가지였다.

그렇기에 시선을 돌릴 뭔가가 필요한 것이다.

'쯧. 당장은 마땅한 거리가 생각나지 않는군.'

하기야 방금 떠올린 생각이었으니 너무 성급하긴 했다.

'쩝. 그나저나 고모와 동생들이 많이 걱정하겠는걸.'

당연히 국정원도 매한가지.

연락하고 싶지 않아서가 아니었다.

노출을 극도로 꺼렸기에 일부러 연락을 하지 않은 것이다. 만에 하나라도 감청이 될 수 있었기에 자제하고 있는 중이었다.

'조만간 연락을 취하긴 해야 할 텐데……'

벌여 놓은 일이 한두 가지가 아니었기에 진행 상황과 결과가 궁금했다.

'이런, 벌써 새벽 4시로군.'

오전부터 도쿄국립박물관을 방문하려면 잠시라도 눈을 붙여야 했다.

‘아, 변용부터 풀어야지.’

괜히 잠을 자면서까지 차크라를 소모할 필요는 없었다.

피곤이 몰려오는지 하품이 나왔다.

“으아아함.”

하지만 하품이 채 끝나기도 전에 문을 거칠게 두드리는 소리가 들려왔다.

쾅쾅쾅.

“오잇. 문 열어!”

쾅쾅쾅!

‘아니. 이 새벽에 어떤 무례한 자식이?’

객실에 잠든 사람들이 다 벌떡 일어날 정도로 무지막지하게 두드려 대는 소란에 담용은 민폐를 끼치기 싫어 얼른 다가가려다가 멈칫했다.

‘이게 아니지.’

혹시 하는 마음에 창문으로 먼저 다가갔다.

이어 커튼을 살짝 들추고는 바깥의 동정을 살펴보았다.

6층에 위치한 객실인 탓에 바깥의 풍경이 그런대로 시야에 잘 들어왔다.

‘엉?’

희미한 가로등 아래로 웬 사내들이 잔뜩 깔려 있는 것이 아닌가?

그것도 둘씩 짝을 지은 채다.

그런데 경찰은 아닌 것 같아 보였다.

페트롤 카도 보이지 않는 데다 정복 차림의 경찰도 눈에
띄지 않았다.

딱 봐도 공적인 일은 아닌 것 같았다.

'무슨 일이지?'

순간적으로 뇌리를 굴린 담용은 밤새 자신도 모르는 사태
가 벌어진 것인지 아니면 자신으로 인한 일인지를 판단해야
했다.

'이거 아무래도 나 때문인 것 같은데?'

잠시 멈칫거리는 사이에도 문 두드리는 소리는 더 시끄러
워지고 있었다.

쾅! 쾅! 쾅!

이제는 아예 발로 갈겨 대고 있었다.

무슨 생각을 했는지 화장실로 들어간 담용이 변기에 물을
내리고는 출입문을 열었다.

하지만 입에서 고운 말이 나올 리가 없었다.

"이봐요! 볼일이 있으면 조용히 두드릴 일이지 이게
뭐⋯⋯."

"들어가!"

담용의 말이 끝나기도 전에 성큼 들어서서는 다짜고짜 와
락 밀쳐 대면서 사내들이 들이닥쳤다.

'이 자식들이!'

신발도 벗지 않은 채 막무가내로 담용을 실내로 마구 밀어 붙이던 사내가 소리쳤다.

"샅샅이 뒤져!"

"쿠보다는 옷장부터 열어 보고 기타니는 놈의 짐을 뒤져!"

"하이!"

"넌 이리 와!"

덥석!

담용의 멱살을 낚아챈 사내가 우악스럽게 잡아끌더니 의자에 팽개치듯 주저앉혔다.

털썩!

"묻는 말에만 대답한다."

그러면서 종이쪽지를 꺼내서는 대조하듯이 담용을 아래위를 살폈다.

"어디서 왔나?"

"하, 한국이오."

"뭐? 빠카총이었어?"

'이 씨발 놈이!'

대뜸 튀어나온 비하 발언에 절로 욕설이 튀어나오면서 울컥했다.

순간, 벌떡 일어나 한 대 쥐어박으려던 담용이 가까스로 참아 내며 분을 삼켰다.

잠시만 참으면 될 것을 공연한 분란을 일으켜 일에 지장을 줄 수 없어서였다.

아닌 밤중에 홍두깨 격으로 날벼락을 맞은 것이었지만 지금은 겁먹은 듯이 순순하게 구는 게 상책이다.

그도 그럴 것이, 이런 소란에도 불구하고 호텔 측이 조용한 걸 보면 서로 짜고 치는 고스톱 상황임이 분명했다. 이는 곧 경찰도 묵인하고 있다는 증거였다.

이런 수모를 당하고도 신고를 하지 않는 사람을 없을 테니까.

고로 삐딱선을 타 봐야 담용만 손해일 뿐이다.

'프라나, 이놈들을 기억해 뒀다가 호텔을 벗어나거든 본보기를 보여 줘. 아, 죽이지는 말고.'

꿀렁. 꿀렁. 꿀렁.

프라나도 담용의 기분에 동조해 감응했는지 세 번씩이나 기척을 보내왔다.

신심일체다 보니 담용이나 프라나나 뒤끝이 작렬하는 감정은 똑같았다.

사내는 자신도 모르게 형벌이 내려진 것도 모르고 담용을 계속 다그쳤다.

"언제 어디로 해서 이곳에 왔나?"

"오늘 저녁 9시에 도착했소."

말투까지 공손할 수는 없어 조금은 무뚝뚝하게 단답형으로 대꾸했다.

조회해 보면 거짓임이 들통이 나겠지만 이놈들이 거기까지 신경을 쓰지는 않을 것으로 여겼다.

"여권!"

　사내는 그런 말투쯤은 신경 쓰지 않는지 계속해서 다그쳤다.

　담용이 여권을 건넸다.

"박이수?"

　끄덕끄덕.

"여기 온 목적은?"

"일본어를 공부하기 위해서요."

"뭐? 그렇다면 유학?"

　절레절레.

"본토 발음에 익숙해지기 위해 한 달가량 머물 예정으로 왔소."

　이건 검문이 있을 때를 대비해 상황에 따라 대응하기 위한 매뉴얼 중 하나로 미리 준비해 놨던 말이다.

　그런 까닭에 술술 나오는 것이다.

"그럴 만한 이유는?"

"일본어를 전공했지만 아직 부족해서 취직을 못 했소. 그래서 현지에 와서……."

"흠. 그렇단 말이지."

　더 듣지 않아도 짐작하는지 사내가 말을 끊더니 팔짱을 낀 채, 한쪽 손으로 턱을 매만졌다.

사내가 다시 물었다.

"몸이 좋다. 운동했나?"

조금 전보다는 약간의 호의가 뒤섞인 말투다.

"유도를 좀 했소."

"오호! 유도!"

일본어 전공에다 유도까지.

전부 일본색이니 이제 어쩔 거냐?

유도는 일본의 전통 무술로 스모, 카라데와 더불어 국기로 취급되고 있으니 아닌 게 아니라 사내의 표정이 점점 호의로 화해 가고 있었다.

아마도 비록 조센징이긴 해도 친일본파라고 여기는 모양이다.

"이이. 이이."

좋다고 말하면서 처음으로 미미한 웃음기까지 머금는 사내다.

"엔도 조장님, 의심할 만한 것이 없습니다."

"엔도 님, 가방에도 수상한 게 없습니다."

"알았다."

담용의 시선이 실내를 한번 훑었다.

'빌어먹을 놈들이…….'

얼마나 거칠게 뒤졌는지 온통 난장판이 되어 있었다.

그럼에도 당연하다는 듯, 조금도 미안한 감정이 없는 표정들이다.

"이만 철수하지. 기타니!"

"하이!"

"여기 이 친구 가이드 하나 붙여 줘!"

"알겠습니다."

'엥?'

때아닌 친절에 오히려 당황한 사람은 담용이었다.

"아, 괜찮소. 가이드는 도착하자마자 이미 구했소."

"어? 그래?"

기타니란 사내가 다가왔다.

"여긴 우리 나와바리다. 내가 소개해 주는 가이드라면 친절하게 안내해 줄 것이다."

'응? 여기가 나와바리라고?'

그렇다면 이나가와 카이 아니면 스미요시 카이 소속의 야쿠자란 얘기다.

'이거 또 변장해야 하나?'

뭐, 이건 나중 문제고.

"고맙지만 이미 선금까지 건넨 상태요."

절대 사양이라 그렇게 말했다.

"에? 이름이 누구지? 선금을 돌려받아 주겠다."

"……!"

"걱정하지 않아도 된다. 이 바닥의 웬만한 가이드는 다 꿰고 있으니까."

'대단하군.'

일개 관광 가이드까지 신원을 파악하고 있을 정도로 정보원들이 쫙 깔려 있다면, 담용도 더 조심해야겠다는 생각이 들었다.

아마도 쿠미인(정식 조직원)이 되기 위해 악을 써 대는 준고세이인들 때문일 것이다.

"이름이 모모아야라고 했소."

"뭐? 모모아야?"

표정을 보니 모모를 잘 아는 것 같았다.

끄덕끄덕.

"틀림없소."

"엔도 님, 가이드를 소개해 줄 필요가 없을 것 같습니다."

"그래?"

"마침 제가 소개해 주려고 했던 가이드와 계약을 한 상태라서요."

"이이. 이이. 박 상, 소기의 성과를 거두기 바란다."

"고맙소."

그런데 기타니가 돌아서다 말고 갑자기 담용의 가슴을 검지로 쿡쿡 찌르더니 모호한 표정을 자아냈다.

"어? 그러고 보니……."

"……?"

"너…… 어제저녁에 우리 똘마니들을 손봐 준 녀석 맞지?"

'이런 젠장 할…….'

그것까지 확인을 했다니.

정말 정보력 하나는 감탄이 나올 지경이다.

사실 별것 아니지만 그런 소소한 것까지 체크하고 있다는 것 자체가 놀랍기 그지없다.

그러나 도리어 그것이 조금은 느슨해졌던 담용의 마음을 다잡게 했다.

"당신 부하인지는 모르겠지만 시비가 붙었던 적은 있소."

"오잇! 맞구나."

"기타니, 무슨 일이야?"

"아, 엔도 님, 어제 자정 무렵에 이 녀석과 우리 애들 사이에 시비가 있었습니다."

"그래서?"

"애들이 전부 불구가 됐답니다."

"뭐? 정말인가?"

"하잇!"

"쿠미인?"

"아닙니다. 준고세이인들입니다."

"난 또…… 그럼 별것 아니잖아?"

그랬다.

사카즈키 의식을 치르고 치르지 않고의 차이는 그토록 극명한 것이었으니 말이다.

그러니 쿠미인이 아닌 이상 별거 아닌 놈들이 맞다.

"그렇긴 한데……."

"어이, 박 상. 뭣 때문이었나?"

"두 여성을 강제로 잡아 다찌방에 넣으려는 걸 말리다가 시비가 붙었소."

"오호! 스고이. 기타니, 문제 삼을 게 아니다."

"하! 그놈들에게 문제가 있었던 것 같습니다. 어이, 모모에게 기타니가 안부 전하더라고 전해 줘."

툭툭툭.

끄덕끄덕.

'훗. 쇼지에게 빚을 지워 놔야겠군.'

겉으로는 쿨하게 물러섰지만 내심으로는 뒤끝이 작렬하는 기타니였다.

"박 상, 실례했다. 가자!"

"하!"

세 사내가 서둘러 실내를 빠져나갔다.

"나 원……."

상황이 이렇다 보니 잠 한숨 못 자고 5시가 다 되어 가고 있는 시각이었다.

'프라나, 그냥 내버려 둬라.'

마지막 행동이 그들을 살렸다.

"그나저나 모모의 정체가 뭐지?"

뭐, 대단할 것까지는 없겠지만 껄렁이들도 야쿠자도 그녀를 알고 있다 보니 궁금하지 않을 수가 없었다.

익일 아침 모모의 오피스텔.

"언니, 약속 시간에 늦겠다. 서두르자."

"서두르고 있어."

"뭐야? 느긋하게 커피 마시는 게 서두르는 거라고?"

"얘, 이제 겨우 8시 반이야. 아직 30분이나 남았다고."

"언닌 아직 씻지도 않았잖아?"

"난희야, 그냥 이대로 나가면 안 되겠니?"

"에? 씻지도 않은 얼굴로 나가겠다고?"

"안 될까?"

"어제 오면서 이수 씨를 꾀고 말겠다고 한 것 같은데, 그거 거짓말이었어?"

"야! 이 얼굴이 어때서 그래?"

"물론 어디 내놔도 꿀리는 얼굴은 아니지."

"그렇지?"

"근데 이수 씨가 언니의 눈꼽 긴 낯짝까지 좋아할지는 모르겠다."

"야! 낯짝이라니? 이게 정말······."

후다닥.

"에헤헷. 옷 갈아입고 나올 테니 언니도 얼른 씻고 나와."

"조것이······."

드륵. 드르르.

"······?"

무릎에 올려 뒀던 휴대폰이 울리자, 모모가 액정을 확인하더니 난희가 들어간 방을 힐끗 쳐다보고는 재빨리 화장실로 들어갔다.

변기에 걸터앉은 모모가 소리 죽여 말했다.

"노디, 시로(흰색) 원이에요."

─시로 원, 임무다.

"네. 말하세요."

─모리구치구미와 이나가와 카이 간의 전쟁이 예시되고 있음을 알 거다.

"알아요. 여긴 곧 스미요시 카이와 연합할 거란 소문이 파다해요."

─두 조직이 연합해도 모리구치구미의 상대가 못 돼.

"그거야 길고 짧은 건 대봐야죠. 글고 교쿠토 카이까지 연합 조짐이 보인다고요."

─그렇더라도 불리하긴 마찬가지지. 용건을 말하겠다.

"네."

─이나가와 카이에서 사무라이를 찾고 있다.

"사무……라이요?"

─그것도 종사급의 뛰어난 사무라이여야 한다.

"조, 종사급요?"

─백찰이나 향사급이라면 더 좋고.

"노디! 지금 농담해요?"

─쥬닌 중에 찾기 어렵다면 아마테라스에서 찾아보렴.

"거기와는 인연이 없다고요. 총잡이는 안 돼요?"

─그건 안 돼. 총기는 금물이다. 반드시 사무라이여야 한다.

"언제까지죠?"

─빠를수록 좋다.

"대가는요?"

─5백만 엔에 5백만 엔.

착수금과 잔금.

"애개? 종사급이라면서 그것밖에 안 돼요?"

─크흠. 의뢰비가 그렇게 책정됐어.

"전 접을 테니 쿠로(검은색) 쪽으로 가 보세요."

─그쪽이 진즉에 포기했으니까 네게 왔지.

"그럴 줄 알았어요. 노디는 저를 항상 만만하게 여겨 왔으니까요."

-만만해서 아니라 마지막 보루라서 그래.

"어쨌든 저도 포기할게요."

-정말 안 되겠냐?

"하고 싶어도 금액이 안 맞잖아요?"

-끙.

'아나. 노인네가 마음 약해지게……'

사실 이럴 사이는 아니었지만 돈이 턱도 없이 적어서 거절하는 것이다.

'그 돈으로는 백찰이나 향사급은 어림도 없고…… 그래. 종사 정도는 어찌어찌되겠지?'

"상대가 누군데요?"

-이케다 쯔네.

"헉!"

'아니! 이 노인네가!'

이케다 쯔네라니!

"노디! 미쳤어요?"

-미쳐? 내가?

"그렇지 않고요. 이케다 쯔네라면 전 일본 공수도 챔피언이에요. 그런데 그의 상대를 섭외하는 데 고작 천만 엔이라니요. 그것 가지고는 명함도 못 내밀어요."

-천만 엔이면 적은 돈이 아니잖아?

"에혀. 그렇게 외딴곳에 처박혀 있으니 세상 돌아가는 실정을 모르죠. 가끔 나와서 사람들과 어울리면서 살아요!"

 ─귀찮다. 돈이 필요할 때만 나오면 되는걸.

"그러다가 정보도 구식이 될까 겁나네요."

 ─그건 염려하지 않아도 된다. 가문에서 물려준 비법이 있으니까.

'흥. 그 비법이란 게 언제까지 통할 줄 알고.'

보나 마나 정보통이란 게 대대로 이어 온 가신들의 수족들일 테지만.

그러나 세상이 변한 지 한참이나 지났다.

'노디, 당신은 지금 에도 시대에 살고 있는 거라고요.'

 ─정말 어렵겠냐?

"노디, 저는 배당 한 푼 받지 않아도 좋아요. 하지만 그 금액으로 섭외할 수 없는 건 확실해요. 전 정말 못 하니까 노디가 알아서 하세요."

 ─아, 아, 시로 원. 잠깐만! 제발 끊지 말거라.

"노디, 이 정도로 촉이 무뎌진 걸 보니 이제 당신도 늙은 것 같아요."

 ─큼, 그 말은 맞는 것 같다.

"은퇴를 심각하게 생각해 봐요."

 ─그건 아니지. 아직까지는 나같이 발이 넓고 정보에 해박한 사람은 없을 거다. 그건 인정하지?

"인정……해요."

사실이니까.

그런 밑천마저 없었다면 은퇴해도 벌써 했어야 했을 것이다.

ー얼마면 되겠냐?

"돈이 문제가 아니라 그럴 만한 인물이 없다고요."

ー엄살 부리지 말고. 좋아. 2천만 엔!

'이 노인네가 진짜……'

ー아마테라스는 알지?

"들었어요. 사부한테……."

아마테라스는 일본의 돌연변이들을 통틀어서 하는 용어다.

사실 기밀로서, 웬만한 사람은 그런 게 있다는 것조차도 모른다.

모모도 그들이 돌연변이라는 것만 알았지 그 밖에는 아무것도 알지 못했다.

당연히 그들과는 접촉도 해 보지 못한 상태였다.

사부 왈.

ー모모, 밑천이 떨어지면 아마테라스에서 구하거라.

ー아마테라스? 아마테라스 오마카미 말인가요?

ー그래. 아마테라스 오마카미를 줄여서 말한 거다.

ー그건 존귀한 신을 뜻하는 말이잖아요?

-그렇지.

-그걸 뜻하는 건 아닐 테고. 뭐죠?

-돌연변이들의 단체다.

-돌연변이요? 사람이 이상하게 변하는 건가요?

-그렇다더구나. 다만 정신 이상자가 아니라 능력들이 대단한 자들이라고 들었다.

-능력이라면?

-상식을 깨트리는 일들이지. 예를 들면 사람이 날 수 있다든가 그런…….

-헉! 그게 말이 돼요?

-이 사부도 본 적은 없다만 하부로가 증언했다.

-사부님 친구 하부로 씨가요?

-응. 그의 말이라면 믿을 수 있지.

-저도 그래요. 근데 그들을 어디서 찾죠?

-오키나와 국제 거리에 본부가 있다고 들었다.

-정확히 어디죠?

-그건 나도 모른다. 가 보지 않았으니까.

"하지만 그들과는 인연이 없다고요."

-이 기회에 접촉해 봐. 발도 넓힐 겸해서…….

"그야 돈만 있다면 들이대 볼 수는 있겠죠."

돈이면 귀신도 부리니까.

－얼마 필요해?

"음…… 일단 계약금 5천만 엔에 잔금 5천만 엔이면 생각 해 보긴 하겠어요."

－헐!

"그럴 생각이 있으면 그때 다시 연락하세요."

탁!

"흥! 망할 노인네. 노망이라도 난 거야, 뭐야? 왜 날로 먹으려 들지?"

이렇게 해 놨으니 의뢰자와 다시 접촉하겠지.

그 금액으로는 일은 시작도 못 할 테니까.

콩콩콩.

"언니, 이제 나가야 돼."

"알았어."

벌컥.

"뭐야? 그 눈곱은? 아직 씻지도 않은 거야?"

"클렌징 티슈로 대충 닦고 나가지 뭐."

"헹! 이수 씨 꼬기는 글렀네."

"난 포기. 네가 꽤."

"정말?"

"그래, 애초 내 스타일이 아니었거든."

"물리기 없다."

"안 물려."

"우와! 좋아라."

"근데 너…… 옷차림이 그게 뭐냐? 노란 병아리도 아니고."

"왜? 화사하고 좋잖아?"

"이것아, 지금 초겨울이야."

"여긴 겨울 같지가 않아서 그래. 어제처럼 껴입었다간 지레 쪄 죽겠더라고."

"그래도 겨울은 겨울이야. 해가 지면 쌀쌀해져."

"스카프 넣어 가지고 가지 뭐. 나 어때? 이수 씨가 좋아할 것 같아?"

패션모델처럼 한 바퀴 돌면서 한껏 폼을 잡아 보는 난희다.

"에휴, 이놈의 계집애가 진즉에 작정해 놓고선 뭐? 나더러 꾀라고?"

"에헤헷. 이수 씨가 딱 내 스타일이더라구."

"얼씨구. 애인이 있으면 어쩌려고 그래?"

"히힛. 사랑은 쟁취해야 제맛이지."

"하! 이놈의 계집애 좀 봐."

'나 참. 갑자기 어디서 저런 용기가 나온 거야?'

모모의 표정이 새초롬해졌다.

"이수 씨 어디가 마음에 들었는데?"

"음…… 일단 듬직해서 좋아. 꼭 피팅 모델같이 몸매도 쭉

빠졌고."

"그건 나도 인정. 싸움도 잘하고."

"싸움 잘해서 뭘 해? 사람이라면 비전이 있어야지."

"그래. 비전이 보이디?"

"아직 직업이 뭔지도 모르는걸."

"아, 맞다. 그러고 보니 직업을 물어보지 않았네."

"어제 말하는 걸로 봐서는 아마 석사나 박사 학위 과정일 것 같은데?"

"그치? 사학 계통으로."

"근데 그거 해서 나 먹여 살릴 수 있을까?"

"왜? 걱정돼?"

"히히힛. 웬 걱정? 공부 끝날 때까지 내가 먹여 살리면 되지."

"하이고오. 벌써 쌀이 익어 밥이 됐구나? 이제 먹기만 하면 되겠네."

"에헤헤헷. 애는 몇 명이나 낳을까?"

"얼라리? 점점? 어째 네년 하는 짓을 보니 잘하면 얼마 안 가서 애 낳아서 오겠다?"

"에이, 그건 너무 오버다."

"얼씨구? 지금 네년이 하는 말이 딱 그거잖아? 얌전한 고양이인 줄 알았더니……."

"물 들어왔잖아? 이때 노 저어야지."

"오호. 말하는 것 좀 보소. 눈에 딱 꽂혔다 이거지?"

"응. 왠지…… 이수 씨를 만나고 나서부터 내 맘이 싱숭생숭해. 그 때문에 잠도 설쳤거든."

난희가 내숭하는 시늉도 없이 순순히 수긍하는 걸 본 모모의 눈초리가 가자미눈으로 변했다.

'조것이! 판검사들을 들이대도 거들떠보지도 않더니…… 웬일이래?'

"에헷. 언니, 부탁 하나 하자."

"부탁? 뭔데?"

"이수 씨, 전화번호 좀 따 줘."

"전화번호?"

"응."

"그거…… 어제 하는 걸로 봐서는 어렵겠던데? 너도 봤잖아? 전화번호 달라니까 씨익 웃고 마는 거."

"그야 약속 장소가 바로 코앞이니까 그런 거지."

"흠. 글쎄다."

"내가 아끼는 토리버치 백팩을 걸게."

"옴마! 그거 백만 원이 넘는다며?"

"지금 그게 대수야? 내 인생이 달린 문젠데?"

"그것도 그렇다. 음…… 자신은 없지만, 좋아. 너 약속 지켜."

"그건 염려하지 않아도 돼."

"흠, 나도 네게 팁 하나 선사하도록 하지."

"팁?"

"응. 네 꿈이 이루어지는 데 도움이 되는 팁."

"와! 뭐, 뭔데?"

"넌 말이다."

"……?"

"같이 다니는 동안 네 비장의 무기를 쓰는 데 주저하지 말라고 권하고 싶어."

"에? 비장의 무기라니? 내게 그런 게 있었어?"

"천진난만하게 굴란 말이다. 괜히 이수 씨 앞에서 철든 척하지 말고. 알았어?"

"그게…… 대체 뭔 소리야?"

"어려울 것 없어. 그냥 평소 하던 대로 하면 되니까."

"힛! 그거야 뭐…… 근데 내 평소 행동이 매력 있다는 거야?"

"너 바보니? 푼수가 곧 순수란 걸 몰라서 그래?"

"푸, 푼수? 언니, 지금 나 놀리는 거지? 내가 길치에다 방향치라는 거."

"아니거든."

"이거 왜 이래? 나도 교양으로 꽉 채워져 있는 여자라구."

"이년아, 네게 백치미가 있단 소리다."

"에이, 그건 좀 아닌 것 같다. 그냥 평소대로 할래."

"그래, 바로 그거라고."

"뭔 소리래? 시간 다 됐다. 빨리 준비나 해! 첫 약속부터 이수 씨 기다리게 하면 실례야."

"지금 하고 있는 거 안 보여?"

"민낯으로 나간다면서 화장은 왜 해?"

"여자의 예의는 화장에서 나오는 거야. 기본은 갖춰야지."

"하여튼 언니 꾸물대는 건 알아줘야 한다니까."

"잔소리 말고 내 목도리와 가방이나 가지고 와. 너도 감기 걸리지 않게 트렌치코트라도 들고 나와."

"알았어."

강탈당한 유물들

벌컥!

"엇! 조, 조장!"

"히익! 조……장!"

붕대를 칭칭 동여맨 채 침상에 널브러져 있던 세 사내가 출입문이 열림과 동시에 기함을 하며 상체를 벌떡벌떡 일으켰다.

아마도 방금 등장한 인물이 세 사내가 생각했던 것보다 더 거물이었던 모양이다.

병실에 나타난 사내는 모두 셋.

앞에 선 사내는 검은 정장 차림이었고, 뒤에 선 두 사내는 마치 히피족이라도 되는 듯, 눈이 어지러울 정도로 크고 작은 해골 문양의 검은 재킷을 걸치고 있었다.

이름하여 어플릭션 패션.

그런데 앞선 사내의 안면에 경련이 이는 것으로 보아 어지간히도 분노한 것 같은 기색이다.

냉랭한 표정의 정장 사내는 분기를 억지로 참아 내고 있는 듯했다.

그렇게 한참이나 말없이 정장 사내가 세 사내를 노려보고 있을 때, 또다시 출입문이 열리면서 뒤의 사내와 똑같은 차림의 사내가 들어왔다.

"쇼지 조장님!"

"말해!"

말투가 입안에 얼음이라도 머금고 있는지 차갑기 그지없다.

"하이! 야나기는 오른손이 으스러졌고, 시메는 척추가, 다다시는 아구창이 으스러졌다고 합니다."

담당 의사라도 만나고 왔는지 침상을 차고앉은 세 사내의 처지를 차례대로 말해 주었다.

"그래서?"

"그게…… 셋 다 당시의 일을 기억하지 못한다고 합니다."

"뭐? 그게 무슨 말이야?"

"누구한테 당했냐고 물으니까 모르겠다고 했습니다."

"이런 망할…… 뇌를 다친 거야?"

"의시 말로는 뇌는 멀쩡하다고 했습니다."

"엄살이군."

"그럴 놈들은 아닌데요."

"암튼! 회복은?"

"그게…… 완전한 회복은 어렵다고 합니다."

"돈마야로(얼간이 같은 놈)……."

쇼지라 불린 정장 사내가 뿌드득 이를 갈더니 손에 붕대를 감고 있는 야나기에게로 다가가서는 다짜고짜 다친 손을 후려쳤다.

뻑!

"바카야로!"

"으아악!"

쿵!

극도의 고통이 담긴 비명이 터져 나오면서 야나기가 침상 바닥으로 나가떨어졌다.

기겁한 시메가 몸을 피하려 했지만 오른발을 한껏 쳐든 쇼지의 발길질이 더 빨랐다.

뻐억!

"크아아악!"

옆구리를 정통으로 맞은 시메 역시 침상 아래로 고꾸라졌다.

"헉! 조, 조장!"

"아가리 닥쳐!"

퍽!

"아으으으."

얼굴 통째 붕대로 칭칭 감았지만 피가 배어 나온 입가를 얻어맞은 시메는 비명도 지르지 못하고 신음만 흘린 채 나동그라졌다.

탁탁탁.

"똥싸개 씨 같은 놈들."

더러운 것을 만진 것처럼 손을 털던 쇼지가 구겨진 휴지처럼 나뒹구는 야나기 등을 보고 욕설을 내뱉었다.

"비겁한 새끼들. 감시 카메라에 다 잡혔는데도 기억이 안 난다고 하면 면피가 될 줄 알았나? 멍청한 놈."

쏘아 죽일 듯이 째려보던 쇼지가 상의 주머니에서 돈 한 뭉치를 꺼내더니 홱 던졌다.

"두 번 다시는 내 나와바리에 얼씬거리지 마라. 더 말하지 않아도 알리라 믿는다. 가자."

"핫!"

차갑게 돌아선 쇼지와 세 사내가 병실을 나왔다.

"우에다, 놈은 어디 있나?"

"아미스타아사가야 호텔 603호에 머물고 있습니다. 지금은 하라가 감시하고 있습니다."

"조장, 지금 바로 담가 버릴 수 있습니다."

"오시마, 네 마음은 알지만 낮에는 곤란하다."

"시메와는 고향 친구입니다. 복수할 수 있게 해 주십시오."

"안 돼!"

"……."

"우에다, 오시마, 시바사키, 잘 들어."

"……."

"지금은 모리구치구미와 전쟁 중이다. 이런 와중에 대낮에 칼부림을 일으켜 말썽이 나면 어떻게 되겠나?"

"그, 그렇지만 참을 수가……."

"내 말 마저 들어!"

"핫!"

"복수하지 말란 소리가 아니다. 다만 자정을 전후해 일을 치르도록 해. 죽여도 상관없다."

"핫! 감사합니다, 조장."

"대신 감쪽같이 처리해야 할 거다."

"그 문제는 염려하지 않으셔도 됩니다."

"좋아. 단 상대가 만만치 않은 것 같으니 내가 함께하겠다."

"조장, 저희들만으로도 충분합니다."

"알아. 복수는 너희들 몫이니 나는 손을 대지 않겠다. 만에 하나를 위해 가는 거니까."

정말 만약을 위해서 가는 것은 맞다.

'기타니의 말을 무시할 수는 없지.'

−쇼지, 네 밑의 아이들을 손봐 준 조센징을 찾았다. 아미스타아사가야 호텔 603호다.

−고맙다.

−근데 조심해야 할 거다. 절대 만만치 않아. 엔도 님이 인정했으니까.

−뭐? 엔도 님이?

−그래. 일본에는 일본어를 공부하러 왔다고 하더라. 유도 고단자이고. 슬쩍 잡아 봤는데 체구가 탄탄해.

−참고하지.

−아, 모모아야가 관광 가이드를 맡았어.

−뭐라? 모모아야가 끼어들었다고?

−응.

−칙쇼. 혹시 보호자?

−그건 아닌 것 같아.

−아닌 것 같다니. 기타니, 확실히 말해.

−확실해. 모모의 백기사 노릇 하다가 우연히 맡게 된 것 같으니까.

−알았어.

'모모아야와 헤어졌을 때를 노려야 해.'

이놈들은 모모아야를 잘 알지 못한다.

그냥 밤 문화에 밝고 또 다소 헤픈 여자 정도로만 알고 있을 뿐이다.

그랬기에 어젯밤 같은 일이 벌어진 것이다.

물론 쇼지 자신도 모모아야를 다 알지 못하기는 마찬가지였지만 들은풍월은 있었다.

무슨 이유에선지 절대 건드리지 말라는 오야붕들의 경고가 한두 번이 아니었기 때문이다.

그녀가 주로 이나가와 카이의 나와바리에서 활동하고 있어서이기도 했지만 대충 짐작이 가는 바가 없지 않아서였다.

짐작이 진짜인지 가짜인지 확인할 길은 없지만 샤테이가 시라(두목과 형제 관계를 맺은 자) 중 한 명의 혼외 자식일 확률이 높다고.

그랬기에 모모아야가 있는 데서 막무가내로 날뛰었다가는 다음 날 쥐도 새도 모르게 죽을 수가 있었다.

그런 경우가 두 번 정도 있었던 기억도 있다.

그래서 가는 것이다.

'야나기 패거리가 당했다면 또 당하지 말라는 법은 없으니까.'

이 아이들은 향후 자신의 수족이 돼서 움직일 새끼 같은 놈들이니 아껴야 했다.

야쿠자 구미초(조장)의 수족은 아무나 될 수도 없고 마음먹은 대로 거둘 수 있는 게 아니니 말이다.

　가장 중요한 것은 충성심이다.

　그런데 이 세 놈은 죽으라면 죽는시늉까지 하는 놈들이라 챙겨야 했다.

　그랬기에 다짐하듯 조언을 해 준다.

　"만만치 않은 빠카총이니 준비를 단단히 해야 할 거다."

　"하이! 염려 마십시오."

　"거듭 말하지만 미행하다가 혼자 있을 때를 노려. 단 낮에는 안 돼. 밤을 노려. 알았나?"

　"명심하겠습니다, 조장."

　"우에다, 네가 임시 조장을 맡아."

　"하잇!"

　"놈의 숙소 근처에서 서성거리다가 놈이 나오면 하루 종일 따라다니도록 해."

　"하잇!"

　"야나기가 당했다. 너희들이 야나기나 시메보다 낫다고 볼 수 없다는 게 내 생각이다. 인정하나?"

　"이, 인정합니다."

　"좋아. 그렇다면 무작정 달려들어서는 곤란하겠지?"

　"쇼지 조장님의 조언을 바랍니다."

　"여기……."

쇼지가 검지로 자신의 머리를 톡톡 쳤다.

"머리는 뒀다가 나무나 박살 낼 거야? 머리를 쓰란 말이다, 머리를! 수단과 방법을 가리지 말고. 앙?"

"……."

쇼지의 머리를 쓰란 말에 꿀 먹은 벙어리처럼 눈만 끔뻑거리는 우에다와 동료들이다.

'어휴, 이런 돌대가리들을 데리고…….'

"할당된 다찌방 인원은 다 채웠나?"

"아직……."

"몇 명이 모자라?"

"두, 두 명……."

"좋아. 그건 눈감아 줄 테니 그걸 이용해 봐."

"예? 무슨 말씀이신지……?"

"하잇! 이해했습니다!"

우에다가 우물거리자, 오시마가 잽싸게 대답했다.

"그래. 오시마는 눈치가 빠르군."

"헤헤헷!"

'이쯤에서 당근을 제시해야겠군.'

"흠. 이번 전쟁이 끝나면 정식으로 마키노 오야붕에게 너희들을 소개하겠다."

"악! 정말입니까?"

"와아!"

정숙해야 할 병원 복도였지만 이들에게는 아무런 상관이 없었던지 환호성을 지르며 만세를 불러 댔다.

그도 그럴 것이 '쿠미인'의 자격을 얻을 절호의 기회였기 때문이었다.

쿠미인인 쇼지가 자신의 상관에게 소개시키는 일은 좀처럼 없는 일이었기에, 우에다와 동료들의 환호성은 뜨거울 수밖에 없었다.

이런 일이 드물 수밖에 없는 이유는 쇼지가 이들을 거느려야 한다는 의미였고, 그것은 곧 이들의 생활까지 책임져야 한다는 뜻이었다.

즉 그런 만큼 쇼지의 주머니가 풍족해야 한다는 얘기였기에 결코 쉽지 않은 일인 것은 사실이었다.

"좋아할 일이 아니다. 조건이 있으니까."

"그 조건이 조센징을 확실하게 밟아 놓으란 말이 아닙니까?"

"맞아. 대신 말썽 나지 않게 깔끔하게 처리해야 한다는 것이다."

"하하핫. 문제없습니다."

"그 점은 안심하셔도 좋습니다."

"믿겠다. 어? 잠시만……."

전화가 왔는지 액정을 확인한 쇼지가 대번 경직된 표정을 짓더니 달리듯 복도 끝으로 갔다.

"조장, 쇼지입니다."

―쇼지, 지금 어디냐?

"병원입니다. 밑에 애들이 좀 다쳐서……."

―준고세이인?

"하이! 어제 보고드린 조센징들에게 당한 애들입니다."

―흠. 다친 애들을 다독거려 주는 건 꼭 해야 할 일이니 잘했다.

"그런데 재기가 어려울 것 같습니다."

―뭐? 폐기라고? 그 정도로 다쳤어?

"불행히도 그렇습니다."

―조센징은?

"기타니의 말에 의하면 멀쩡하게 숙소에 있더랍니다."

―네 밑에 애들 실력이 괜찮다고 내게 소개할 날이 머지않았다고 하지 않았나?

"할 말이 없습니다."

―그 조센징이 제법이란 얘긴데…… 아무튼! 그 일은 다른 조원에게 맡길 테니 넌 빠지도록 해.

"조, 조장, 그래도 제가 데리고 있던 아이들인데……."

―그래도 안 돼! 애들이 당한 만큼 처리할 테니 그만둬. 넌 중요한 임무를 앞두고 있어! 내 말 알아들었어!

"하이!"

―그래. 지시 사항을 하달하겠다. 사흘 후에 이쿠다 오야

붕께 가도록 해.

"예에? 이쿠다 님께 가라고요? 제가 말입니까?"

믿기지 않는 말이었던지 쇼지는 눈이 튀어나올 정도로 놀란 표정을 자아냈다.

"저, 정말입니까?"

─난 지금 농담하는 게 아니다. 이쿠다 오야붕께서 너를 콕 찍어서 말했으니 틀림없다.

"……!"

─이 말이 무얼 뜻하는지 아나?

"……?"

─왜 말이 없어?

"아, 아닙니다. 너무 뜻밖이라……."

─그럴 수 있지. 오야붕께서 오늘부터 널 꼬붕으로 인정하겠다는 뜻이다.

"아……."

오야붕과 꼬붕.

이는 엄밀히 말해 두목과 부하, 즉 구미초와 구미인과는 그 성격이 조금 다르다고 할 수 있었다.

다시 말해 두목과 부하라는 상하 관계라기보다 아버지와 자식을 의미하는 부자 관계의 애칭으로 보면 맞다.

실질적인 부자 관계는 아니나 그만큼 둘 사이의 관계가 돈독해짐을 뜻하는 호칭인 것이다.

이건 나이를 떠난 특별한 관계란 뜻이다.

어찌 됐든 조장이었던 마키노와는 서열이 같아져 동급이 된 것은 맞다.

ㅡ이제는 같은 서열이니 날 조장이라고 불러서는 안 된단 말이다.

"조, 조장······."

ㅡ글쎄. 이젠 아니래도 그러네.

"그, 그게 습관이······."

ㅡ됐고. 오야붕께서 이번 전쟁에 널 보조로 쓰시고 싶어 하신다.

"아······."

말이 좋아 보조였지 파트너나 마찬가지였기에 쇼지는 그 말을 듣는 순간 쇼크를 받아 입만 쩍 벌렸다.

ㅡ상대는······ 아, 이거 당분간 비밀인 거 알지?

"다, 당연합니다."

ㅡ좋아, 각오를 다지는 의미에서 말해 주는 것이니 잘 들어. 넌······.

"······?"

쇼지는 찰나이긴 했지만 마키노의 입에서 뭔 말이 나올까 긴장이 됐다.

ㅡ네가 이번 전쟁에 결사조로 선택됐다.

"겨, 결사조······."

벼락이라도 맞은 듯 쇼지의 심장이 '쿵!' 내려앉으면서 몸이 휘청했다. 그 의미를 너무도 잘 알기 때문이었다.

─맞아. 상대는 모리구치구미의 행동대장인 이케다.

"이케다 쯔네!"

─오, 잘 알고 있군.

"하이!"

모를 리가 없다.

쇼지 나름대로 교쿠신 가라테의 고수인 데다 칼 솜씨까지 능한 무술가여서 야쿠자 조직뿐만 아니라 각 지방의 무술 고수들을 죄 꿰고 있었기 때문이다.

이유는 언젠가는 한번 도전해 볼 것이라는 야심 찬 야망이 있어서였다.

하지만 마음 한편에는 과연 '자신이 결사조로서의 자격이 있을까?' 혹은 '임무를 수행해 낼 수 있을까?' 하는 생각으로 가득 찼다.

더군다나 결사조로 선택됐다면 곧 죽음과 직결되는 일일 수도 있어 심장이 세차게 뛰기 시작했다.

은밀하게 키워 왔던 야망이 여기서 꺾이게 될 운명에 쇼지의 표정이 복잡해졌다.

목숨은 여벌이 없기 때문이었다.

한편으로는 영광이기도 했다.

결사조는 누구나 될 수 있는 것이 아니었기에.

그러나 그 대가가 너무 컸다.

－나, 마키노는 내 휘하에서 결사조로 선택된 쿠미인이 있다는 것을 평생 자랑스럽게 여길 것이다. 이 마음 알겠나?

"하, 하이!"

－뒤는 걱정하지 않아도 돼.

"언제까지 가야 합니까?"

－사흘 후다. 사흘 안에 뭐든 하고 싶은 대로 다 해도 좋다. 돈이면 돈, 여자면 여자. 적극 지원하라는 지시가 계셨다.

"감사합니다."

－오잇. 지금 이 시간부터 모든 임무에서 제외한다. 푹 쉬면서 사흘 안에 마음을 다잡아 결사의 마음으로 임하도록. 이상.

"하잇!"

도쿄국립박물관.

동양인치고는 구레나룻이 유난히 검은 무토는 박물관 경비 총책임자로 경비실장이란 직함을 맡고 있었다.

언제나 그렇듯 오늘도 제시간에 맞춰 습관처럼 본관 1층 로비 전체를 내려다볼 수 있는 2층 난간에 손을 짚고는 박물관 내로 입장하고 있는 관람객들을 살피고 있었다.

스치듯 훑고 있는 것 같았지만 무토의 눈초리는 구석구석을 놓치지 않을 정도로 예리했다.

'흠. 변함없이 그대로군.'

흔히 지나칠 수 있는 집기 하나, 비품 하나까지 무토의 눈을 피할 수 없을 정도로 박물관은 그에게 익숙했다.

각종 유물들은 두말할 것도 없었다.

'분위기도 어제와 다름없는 것 같고…….'

오늘도 어제와 같이 외부와 내부의 공기는 평상시와 다름없었다.

무토의 시선이 박물관 내를 서너 차례 반복해서 훑고 지나갔다.

시간이 지날수록 관람객들의 숫자가 차츰 많아지고 있었다.

대부분이 자국인으로 수도인 도쿄에서 비교적 거리가 먼 지방에서 오는 단체 관광객들.

관람객들 중에는 거의 모두라 할 수 있을 정도로 노인들이 차지하고 있었다.

고령화 시대라는 증거였다.

'흠. 외국인 노부부와 청년들…….'

서양인 노부부 두 쌍과 삼삼오오 짝을 지은 젊은 남녀들이 출입문을 통해 입장하는 모습이 눈에 들어왔다.

'흠, 특별히 눈에 거슬리는 관람객은 없는 것 같군.'

하지만 평범하다고 해서 그냥 지나치지 않는 무토의 눈은 노부부들이라고 해서 예사로 보지 않고 그들의 아래위를 살피는 것을 게을리하지 않았다.

그럴 만한 이유는 명백했다.

자국인 일본이 과거에서 현재에 이르기까지 주변 국가에 죄를 많이 지은 나라여서다.

이건 문화청 연수 기간 동안에 습득했던 내용에서 기인했다.

대외적으로는 밝힐 수 없는 내용들.

─우리 일본은 다른 나라를 침략해 폭압하고 약탈하고 죽이고, 징집해 전쟁터와 탄광으로 내몰아 고혈이 다하도록 부려 먹었다. 나아가 각국의 수많은 문화재를 약탈하거나 강제로 수집해 일본으로 가져왔다. 그 결과 수장고가 모자랄 정도로 문화재가 넘쳐 켜켜이 쌓일 정도다. 제군들은 이 유물들을 어떻게 지켜 내야 하겠는가?

일본 당국으로서는 현실을 직시할 수밖에 없었기에 유물들이 일본에 있게 된 배경을 알아야 했던 것이다.

그 때문에 박물관마다 훈련받은 경비원들을 요소요소에 배치해 만일에 대비하고 있는 것이다.

무토는 도쿄국립박물관의 경비실장으로 책임자였다.

수많은 유물들 중에 극히 일부만을 전시해 놓은 곳이 이곳 도쿄국립박물관.

극히 일부이긴 하지만 전시된 문화재는 자국인 일본뿐만 아니라 아시아 각국의 중요 유물들이었다.

무토는 경위야 어찌 됐든 자랑하듯 관람객들에게 내보이고 있는 유물들에 무한한 자부심을 가지고 있었다.

그러나 지금까지는 무토와 수하 직원들에 의해 자부심만큼이나 아무런 이상이 없다는 것에 만족하고 있는 중이었다.

–관람객 모두를 의심하라.

문화청의 첫 번째 지침 사항이다.

이는 일본 당국의 저의를 알 수 있는 지표이기도 했다.

강탈과 약탈에 의해 전시되고 있는 각국의 유물들.

무슨 일이 생길지 연상되지 않는가?

그럴 것이 약탈해 온 만큼 각국이 자국 문화재를 되찾으려 수단과 방법을 동원하고 있다고 본 것이다.

즉 문화재 도둑이 호시탐탐 기회를 노리고 있다는 뜻이다.

만에 하나 그런 방문객이 있다면 곳곳에 설치되어 있는 감시 카메라와 무토 자신과 경비원들의 은근한 감시 눈초리와 기감에 걸릴 수밖에 없다.

'슬슬 자리를 옮겨 볼까?'

도쿄국립박물관은 본관을 비롯해 여섯 개의 전시관이 있어 경비 총책임자인 무토로서는 수시로 오가야 하는 장소들이었다.

입장하고 있는 관람객들에게서 눈을 떼지 않은 채, 30분 동안 계속해서 그 자리를 고수하고 있던 무토의 손이 오른쪽 귀를 슬쩍 만지더니 입을 뗐다.

무전기 이어폰이다.

"통제실, 모니터에 이상한 점은 없나?"

—이상 없습니다.

"오늘은 각별히 신경을 써야 한다. 특히 효케이관의 특별전에 인원을 투입하도록."

—하이! 염려 마십시오.

"그럼 난 효케이관으로 이동하겠다. 이상이 생기면 곧바로 연락하도록."

—알겠습니다.

담용과 모모 그리고 난희는 우에노 공원 입구에 있는 카페 레스토랑에서 늦은 아침을 먹고 나오는 길이었다.

각자의 손에 테이크아웃 한 커피를 든 채.

모모의 말에 의하면.

　—관람하려면 배를 든든하게 채워서 가야 해요. 시간이 제법 걸리거든요. 뭐, 그냥 쓱 훑어서 지나가면 금방 나올 수도 있겠지만 아마 그러기는 쉽지 않을 거예요.

"아, 배불러. 너무 많이 먹었나?"
"계집애. 어쩜 그렇게 많이 먹을 수 있니?"
"에헷! 난 먹을 때가 제일 좋더라."
"그걸 말이라고 하니?"
"아, 왜 또?"
"신기하고 부러워서 그런다."
"뭐가 부러운데?"
"그렇게 먹어도 살이 찌는 기미가 없으니 내가 부럽지 않겠냐고."
"헤헤헷. 그래서 너무 좋은 거 있지. 맛난 걸 맘껏 먹을 수 있어서 엄청 좋아. 내가 생각해도 신기하긴 해. 에헤헷."
"쳇! 난 조금만 많이 먹어도 살찌는 소리가 팍팍 들려오는데. 아, 진짜 불공평해."
"운동해서 빼면 되지. 깨작깨작이 뭐야? 사 주는 이수 씨 성의를 봐서라도 퍽퍽 먹어야지."
"끙."

"먹을 것도 마음대로 못 먹으면 뭔 재미로 살아? 팍팍 묵어! 묵는 게 남는 거여. 알것능가, 노처녀 아가씨!"

탁!

"아, 또 왜 때리는데?"

"이년이 노처녀는 누가 노처녀야?"

"서른세 살이면 노처녀…… 읍."

"이게. 입 안 다물어?"

"아, 맞다. 스물…….."

"그 입 다물라니까."

행여나 담용이 들을세라 난희에게 연방 눈치를 주는 모모의 눈썹이 역팔자로 곤두섰다.

"이게 이제 와서 초를 치고 있어!"

"읍, 읍. 알써, 알써. 알았다니까."

"너…… 조용히 해."

"알았다니까. 암튼 깨작거리지 말고 많이 먹으라고."

"이년이 먹는 걸로 아주 염장을 질러요."

"맞는 말이잖아? 먹고 운동하고 먹고 운동하고. 뭐가 문젠데?"

"이년아, 그게 내 맘대로 돼?"

"난 되거든?"

"망할 년이! 시집가서 애 둘 낳고 살이나 푹푹 쪄서 뚱꽤지가 됐으면 좋겠다."

"뭐? 뚱……."

"아, 덥다. 오늘은 유난히 더운 것 같네."

"언니! 그거 악담이지-!"

"엉? 뭐, 뭐가?"

"방금 말한 거."

"내가 뭔 말 했냐?"

"방금 악담했잖아?"

"아, 그거? 덕담이다, 덕담. 애 둘 낳으라는 게 왜 악담이냐? 덕담이지."

"그거 말고 그 뒤에 한 말."

"난 아무 말도 안 했다. 덕담만 했지."

"이 씨……."

"오호호홋."

난희가 주먹을 드는 것을 본 모모가 와다닥 뛰더니 저만치 달아났다.

"거기 안 서!"

"때릴 거잖아?"

"씨이. 잡히기만 해 봐라."

와다다다닷.

'후후홋. 정말 못 말리는 자매들이군.'

심심할 새가 없을 정도로 둘이서 떠들어 대는 통에 정신이 없었다.

'좋네.'

날씨도, 햇빛도, 주변 경관도.

12월임에도 아직 가을을 밀어내지 못한 우에노 공원은 색색의 단풍이 곱게 물들어 있었고, 날씨는 맑고 포근했다.

하늘은 한국의 가을 하늘처럼 높았고, 나뭇잎의 색감은 화사했다.

전체적으로 안온한 분위기임을 인정하지 않을 수 없었다.

하지만 그런 분위기임에도 불구하고 담용의 마음은 무겁기 그지없었다.

'선입관이란 게 정말 무섭군.'

일본은 분명 잘사는 나라가 맞다.

그것도 GNP가 한국보다 월등하리만치 많이 잘 산다.

이는 시샘할 정도를 넘어섰다는 뜻이다.

하지만 한국이 일본의 그늘, 아니 우산 아래에서 안주하기에는 민족적 감정이 최악이다.

뭐, 일부 친일파들은 예외겠지만.

기실 우에노 공원의 분위기가 마음에 드는 건 사실이다.

그러나 한편으로는 그토록 못된 짓을 해 왔던 일본인들의 작품이란 것에 마음이 쓰리기도 했다.

그래서인지 아쉬움과 반가움이 교차하는 건 어쩔 수 없었다.

'날씨가 정말 포근하구나.'

거듭 강조해도 모자라지 않은 날씨였다.

그렇듯 반팔 티셔츠 차림을 한 사람들이 의외로 많았다.

도쿄에 도착하자마자 느꼈던 코끝의 쌀쌀함은 이미 저만치 달아나 버렸다.

아마도 밤이 되면 기온이 뚝 떨어지는 모양이었다.

'한국은 지금 눈이 펑펑 쏟아지고 있을지도 모르겠군.'

일부러 소식을 돈절하고 있는 중이었고, TV도 보지 않고 있어 한국에 대해서는 깜깜이었다.

"호호호홋."

"아하하하핫."

어느새 찰싹 붙은 모모와 난희의 웃음소리에 공원이 다 들썩거리는 것 같다.

'거참, 되게 시끄러운 자맬세.'

대여섯 걸음 앞서가는 모모와 난희는 마치 입을 다물기라도 하면 금방 숨이 멈추기라도 할 것처럼 쉴 새 없이 재잘댔다.

'풋! 저러기도 쉽지 않은데 시시콜콜한 얘기까지 죽이 잘 맞는 것 같군. 어? 저건 도리이…….'

종류를 알 수 없는 수목들이 운치 있게 나열된 사이사이로 신사 입구를 상징하는 도리이가 눈에 띄었다.

'모모가 산책길이 예술품 같다더니…….'

그녀의 말에 의하면 신사 외에도 사찰도 있단다.

'공원이 맞긴 한 거야?'

풍광이야 그렇다고 쳐도 신사와 사찰 그리고 박물관 등이 공존하다 보니 공원이라기보다 마치 유원지에 온 것 같은 느낌이 들게 했다.

'때깔이 무척 곱구나.'

눈앞의 노랗게 물든 은행나무를 본 소감이었다.

스륵.

머릿결을 스치는 기척에 슬쩍 고개를 들어 보니 한국에서도 익히 보던 여린 분홍빛 벚꽃이었다.

'응? 벚꽃?'

"이수 씨, 그거 가을 벚꽃이에요."

"어? 벚꽃이 가을에도 핍니까?"

"한국보다 따뜻하니까 가능하죠. 하지만 봄에 피는 벚꽃보다는 예쁘지 않아요."

모모의 말에 새삼 살펴보니 봄 벚꽃보다는 빛깔도 그렇고 여러모로 많이 빈약해 보이긴 했다.

"하긴 확실히 따뜻하네요."

아닌 게 아니라 사실 재킷을 벗어야 할 정도로 점점 더워지고 있는 중이었다.

노란 상의에 노란 치마로 일습한 난희와 반바지 차림의 모모를 보니 담용은 새삼 자신의 옷차림이 무겁다는 것을 알았다.

"이수 씨, 연못이 꽤 볼만한데 보고 갈래요?"

"아뇨. 그건 나중에 시간이 날 때 보도록 하죠. 지금은 박물관이 급해요."

"헹! 누가 사학자 아니랄까 봐."

"사학자라뇨? 아직 공부 중이라니까요."

"그 말이 그 말이죠. 박물관은 이쪽으로 가야 돼요."

"아, 네."

공원을 가로질러 박물관으로 향하는 길은 벚꽃나무 터널의 연속이다.

일찍부터 나와 있었는지 이미 인파를 이룬 사람들로 분주한 광경이 담용의 눈을 사로잡았다.

그렇게 사람들을 헤치고 잠시 걸어가자, 물줄기 여섯 개가 가동 중인 분수대가 보였고, 그 너머로 도쿄국립박물관 건물이 눈에 들어왔다.

그리고 횡단보도에 이어 매표소.

"이수 씨, 입장권을 사야 해요."

"아, 미안. 여기……."

담용은 이럴 줄 알고 미리 준비해 뒀던 돈을 건넸다.

출발하기 전에 미리 줬어야 하는데 목적에 골몰한 나머지 실수했다.

"어머! 너무 많은 것 아녜요? 잠시만요."

모모가 담용이 보는 앞에서 대놓고 돈을 센다.

"옴마나! 20만 엔이나!"

"일단 넣어 둬요."

"아니, 아니. 이건 아니죠. 오늘 몫만 주세요. 가지고 있다가 제가 다 써 버리면 어쩌려고……."

"그럼 내가 가지고 있을게."

탁!

모모 수중에 있던 돈을 난희가 잽싸게 낚아채서는 손지갑에 넣었다.

그러고는 냅다 매표소를 달려가는 난희다.

"표는 내가 끊을게."

"야!"

"언닌 약속이나 잊지 마!"

"조것이…… 옴마야!"

얼굴에 쌍심지를 켜고 난희의 뒤통수에다 종주먹을 흔들어 보이던 모모가 뭘 봤는지 갑자기 비명을 지르더니 이내 호들갑을 떨어 댔다.

"이, 이수 씨, 오늘부터 특별전을 한대요! 빈센트 반 고흐와 에드바르트 뭉크의 특별전이에요. 우와! 신나라. 전 전혀 몰랐네요. 우리 운이 되게 좋은가 봐요. 와! 와아!"

"하핫. 그러게요."

담용이 어색하게 웃었다.

사실 아까부터 봤다.

박물관 입구부터 시작해 본관까지 요란하지는 않지만 큼지막하게 늘어뜨린 선전 문구였으니 눈에 띄지 않을 수가 없었다.

　모모와 난희는 자주 놀러 왔었던지 출발할 때부터 구경보다는 얘기를 나누느라 여념이 없었던 탓에 이제야 본 것이다.

　"데헷! 언니, 이수 오빠, 한 장씩 받아요."

　'얼라? 저년이 은근슬쩍 오빠라고 부르네. 나 참, 기가 막혀서.'

　하긴 분위기는 제대로 탄 것 같다.

　하기야 '이제부터 오빠라고 부를게요' 이건 좀 이상하지.

　원래 남녀 사이는 오묘한 관계이기 마련이니까.

　모모도 그랬지만 담용도 '오빠'라는 말이 어색해 티켓을 받아 들고 모호한 표정을 자아냈다.

　'쿠쿠쿡, 이수 씨 표정 좀 봐.'

　담용의 어색해하는 모습을 풀어 주려는지 모모가 앞장서며 말했다.

　"이수 씨, 들어가요."

　"아, 예."

　자연스럽게 손을 잡고 끌어당기는 모모의 행동에 담용은 마지못해 끌려갔다.

　"어디부터 가고 싶어요?"

"동양관이 있다던데요?"

"아, 거긴 오른쪽 건물이에요. 절 따라오세요."

"언니, 동양관은 나도 처음이야."

"넌 애초에 관심도 없었잖아?"

"에헷. 이제부터라도 관심을 가져 보려고. 동양관은 우리 나라 유물도 많다고 듣긴 했거든."

'계집애. 애쓴다, 애써.'

초장부터 담용의 마음에 들려고 아주 용을 쓰는 것 같다.

'그래. 정성을 들인 만큼 감동시킨다는 말도 있으니까.'

"아마 못해도 50%는 될걸?"

"우와! 그렇게나 많아?"

"그것도 일부만 전시해 놓은 거야. 수장고에는 더 많을걸?"

수장고란 말에 난희보다는 담용의 눈이 더 번뜩였다.

"수장고면 유물들을 보관해 놓는 곳이잖아?"

"맞아. 호류지보물관이 바로 수장고인 셈이지."

"호류지박물관? 그게 어디 있는데?"

"본관 왼편에 돔 지붕 건물. 저기……."

"어디? 어디?"

담용도 모모가 가리키는 곳으로 시선을 돌리니 5년 전 철거된 광화문에 세워졌던 과거 조선총독부 건물, 그러니까 중앙청 건물과 같은 형식의 건물이 보였다.

건물 양쪽으로 특별전에 대한 현수막이 길게 내려뜨려져 있었다.

"어? 돔이 세 개네?"

"그건 효케이관이고 그 뒤편에 있어."

"와! 우리 거기도 가 보자."

"야! 우린 고용된 사람이거든?"

"아, 맞다. 이수 오빠, 이따가 갈 거죠?"

　천진난만하게도 당연히 응할 거라고 믿는 눈빛이라 담용은 거절할 수가 없었다.

"하핫. 그러죠, 뭐."

"에헤헷. 허락받았으니까 됐지?"

"계집애. 넌 이번 특별전에 관심 없어?"

"프랑스에서 실컷 본 거라 괜찮아."

"애 좀 봐. 고흐는 네덜란드 사람이고 뭉크는 노르웨이 사람인데 프랑스에서 봤다고?"

"언니도 참. 둘 다 전, 후기 인상파 화가라 화풍이 비슷해서 비교하는 측면에서 특별전이 가끔 열려. 그때마다 가서 봤거든."

"어? 그런 거였어?"

"응. 그래서 난 안 봐도 돼. 뭐, 이수 오빠가 보고 싶다면 내가 기꺼이 그림에 대해 설명을 해 줄 수는 있지."

"그거 괜찮네. 이수 씨, 이따가 점심 식사 후에 특별전 보러 가요. 제가 꼭 보고 싶거든요."

"그럽시다. 근데 난희 씨 전공이 뭐죠?"

"미술 평론요."

"미, 미술 평론요?"

담용으로서는 생소한 학문이라 조금 놀랐다.

"네. 쟤가 저렇게 촐싹대도 서울대 미대 출신이거든요. 대
학에서는 회화를 전공했는데, 프랑스로 유학을 가더니 거기
서 평론 쪽으로 전공을 바꿨다네요?"

'호오, 재원이로세.'

"어머! 벌써 10시네요. 다 돌아보려면 하루 가지고는 모자
라요. 서둘러야 해요."

"모모, 관람은 몇 시까지죠?"

"아, 티켓에 적혀 있어요. 오늘이 금요일이니 1시간이 늘
었을 거예요."

"어? 그래요?"

"네. 특별 전시 기간이라 그래요."

담용이 티켓을 살피니 모모의 말 그대로였다.

개·폐관 시간은 9시 30분에서 17시까지.

토요일·일요일, 공휴일은 18:00까지 개관.

특별전 전시 기간 중 금요일은 20:00까지 개관.

'흠. 보지 않고도 척척이니 관광 가이드 경력이 짧지는 않은가 보군.'

뚝배기보다 장맛이라더니 모모가 딱 그랬다.

겉보기에는 날라린데 의외로 속이 꽉 차 있는 것 같다.

'뭐, 어차피 당분간은 모모의 페이스에 이끌려 따라다녀야 하니……'

모모가 안내하는 대로 따른다면 소기의 성과는 얻을 수 있을 것 같았다.

"와! 언니, 이 비석 우리나라에 있는 것과 똑같은 것 같아."

경내 잔디밭에 세워져 있는 두 개의 문석 앞에서 멈춘 난희가 신기한 듯 요모조모 훑으며 탄성을 내질렀다.

"바보야, 그거 한국 거 맞아."

"에? 정말?"

"거기 적혀 있잖아?"

"옴마! 옴마! 평양에서 가져온 거네."

'엉? 평양?'

느긋하던 담용의 걸음이 빨라졌다.

'문석!'

척 봐도 조선 시대 문관상이다.

그 증거가 사모紗帽를 쓰고, 홀笏을 손에 들었다는 것.

영락없는 조선 시대 관리였다.

바인더북

'빌어먹을.'

양 모양의 석물도 있었다. 확인해 보니 강릉에서 가져온 것이다.

양석은 대개 무덤 안에 묻는 것인데, 그로 보아 도굴했다는 의미다.

담용의 마음이 한없이 무거워졌다.

'흥! 어디 네놈들도 피눈물을 흘려 봐라.'

그 시간이 머지않았다.

뭐, 오늘 밤 당장 실행할 수는 없다.

의심을 피하기 위해서라도 며칠 뜸을 들였다가 시도할 작정이다.

일본 경찰의 수사 선상에서 제외되는 시간을 일주일로 잡은 것이다.

뭐, 수사 진척이 없다면 지난 한 달 동안 도쿄국립박물관을 관람한 관람객 전부가 수상 대상이 되겠지만.

그때는 이미 일본을 떠난 뒤가 될 테니 상관없었다.

아무튼 그게 아니더라도 그 전에 먼저 할 일이 있었다.

셋이서 동양관 입구를 향해 걸어갈 때, 난희가 모모에게 속삭이듯 말했다.

"와! 어, 언니, 저 사람 구레나룻 좀 봐."

"아, 저 사람 여기 경비실장인 무토 상이야."

"멋있다. 그지?"

"뭐…… 좀."

"언니, 저 사람 잘 알아?"

"아니, 그냥 나만 알아. 가이드를 하려면 정보가 빠삭해야 하니까."

두 여자가 귓속말을 하는 동안 무토가 일행 곁을 지나갔다.

"……!"

담용의 곁을 스치듯 지나던 무토의 어깨가 움찔했다.

걸음도 멈칫했다.

비록 미세하긴 했지만 담용은 단박에 느꼈다.

유유상종이라고, 서로가 잠재돼 있는 살기를 감지한 것이다.

살기는 살기를 느끼고, 선수는 선수를 알아보고, 고수는 고수를 알아본다고 했다.

'이런 제길…….'

습관이란 이렇게 무서운 것이다.

이곳에 온 목적에 몰입한 나머지 실수할 뻔했다.

행동 하나 눈빛 하나에도 어색하거나 흔들려서는 곤란한 일에 접할 수 있음이다.

담용은 찰나 기세를 누그러뜨리고는 자연스럽게 두 여자와 어울렸다. 이어 어색함을 감추려 재빨리 모모에게 말을 걸었다.

"모모, 박물관에 대해 설명을 해 줘야 하는 것 아닙니까?"

"아, 맞다."

'그냥 지나치는군.'

무토가 고개를 갸웃하는 것까지는 보았다.

아마도 '내가 너무 민감했나?' 하며 가던 길을 가는 것이리라.

'절대 허름한 친구는 아니야.'

담용은 무토가 보통내기가 아니라는 것을 직감적으로 알았다.

하기야 일본 제일의 박물관 경비실장이라면, 짐작할 만했다.

"이수 씨, 도쿄국립박물관은요, 1872년에 세워진 뒤 국보 89점과 중요 문화재 643점을 포함해 11만 7,000여 건의 소장품을 보유하고 있어요. 간단히 말하면 자타가 공인하는 일본 최고의 박물관이라는 거죠. 다섯 개의 건물로 이뤄져 있고요. 이 중 동양관은 한반도와 중국 그리고 동남아시아와 인도 등지에서 가져온 문화재를 소장하고 있어요."

"제가 듣기로는 오쿠라컬렉션 소장품도 있다던데요?"

"맞아요. 1980년 초기에 오쿠라 타케노스케란 사람이 조선이 일본 강점기 시절에 수집한 1,100여 점의 유물도 전시되어 있어요."

"그거 전부 도굴한 거라던데, 맞아요?"

"그런 사정에 대해서는 저도 잘 몰라요. 다만 일본에서 국가 문화재로 지정할 정도로 훌륭한 유물들이 많다고 해요."

'그런 유물이 39점이나 되지.'

중요 문화재 8점, 국가 지정 문화재 31점이 그것이다.

모모가 이런 것까지는 세세히 모르는 듯 그 부분은 두루뭉술하게 넘어갔다.

"이수 씨, 어디서부터 관람할래요?"

"한국관부터 보죠."

담용은 한국에서 약탈한 문화재가 얼마나 많은지 직접 구경하고 싶었다.

"그럼 5층으로 가야 돼요. 이쪽으로 가요."

모모의 뒤를 따라 계단을 통해 5층까지 오르는데 대다수가 중국관이었다.

마침내 5층.

여기도 중국관이 있었다.

공예품 전시장.

그 옆 실에 '10'이란 숫자 앞에 모모가 멈춰 섰다.

드디어 한국관.

'엉? 뭐야? 조선반도?'

한국관이 아니고?

담용의 눈에 들어온 안내판.

朝鮮半島

Korea

朝鮮半島/한국(조선)

"모모, 왜 한반도가 아니고 조선반도라고 해 놨지요?"

"아, 일본은 남이나 북을 통틀어 조선반도라고 부르거든
요."

'쩝.'

뭐, 하긴 그게 뭐 중요하겠는가?

한국의 유물이 궁금했던 담용이 성큼성큼 걸어 먼저 몸을
들이밀면서 프라나에게 의념을 전했다.

'프라나, 잘 봐 둬.'

쿨렁.

이제부터 담용의 역할이 중요했다.

단 하나라도 허투루 지나지 않고 모두 살펴야 프라나도 이
에 감응하기 때문이었다.

들어서기도 전에 어딘가 모르게 가슴이 답답해지면서 아
우성이 들려오는 것 같은 기분이다.

─나를 제자리에 돌려놔 줘─! 나를 고향으로 데려가 줘─!

한 맺힌 호곡 소리가 메아리가 되어 뇌리를 헤집는 것 같

았다.

쿨렁. 쿨렁. 쿨렁.

프라나가 유물에 깃든 혼과 반응하는지, 아니면 담용의 심정에 반응하는지 연방 요동을 쳐 댔다.

이로 보아 결코 환청 따위가 아닌 것이다.

조상들의 호곡 소리는 한 맺힌 통곡이었고, 애절한 절규였다.

'미안합니다. 미안합니다.'

담용은 간절함을 담아 마음속으로 수도 없이 그 말을 뇌까렸다.

조상의 유물들이 먼 타국 땅에서 떠돌고 있는 것에 대한 한국인들의 미안함이 얼마나 큰지 모르지 않았으니까.

'반드시 모시고 가겠습니다.'

이건 이 유물을 제작하고 새긴 조상들에게 다짐을 두고 하는 말이다.

정신적 허기를 억지로 짓누르고 있는 대한민국 국민들을 위해서라도 반드시 그렇게 돼야만 했다.

'기필코 고향으로 모셔 갈 테니 조금만 기다려 주십시오.'

담용이 다시 한번 마음에 되새기며 안으로 들어섰다.

'어? 규모가 왜 이리 작아?'

10만여 점이나 되는 유물이 각지로 흩어져 있다곤 해도 중국관에 비해 턱도 없이 작은 규모다.

'엇! 금관······.'

설명서를 보니 경상남도에서 출토된 가야금관이다.

'중요 미술품?'

그렇게 구분을 해 놨다.

'오쿠라컬렉션에서 기증한 것이로군.'

그런데 선물을 받았다는 식으로 설명문에 'given by~'라고 쓰여 있다.

그것도 오쿠라컬렉션이다.

'미친······.'

죄다 약탈이나 강탈한 것을 선물로 받아 전시해 놨다고?

오쿠라란 놈 자체가 도굴범이자 약탈자인데?

'어디 다른 것도 그런가 보자.'

다음 유물 역시 금관이었고, 처음 것보다는 깃이 하나 더 있다.

역시나 선물로 받은 것이라고 해 놨다.

'프라나, 잘 기억해 둬. 반드시 가져와야 하는 거다. 아니, 여기 있는 거 전부 다 가져와.'

쿨렁.

'응? 가능하단 말이냐?'

쿨렁.

'손상시키면 안 돼!'

쿠울렁.

'헐!'

얼핏 봐도 그 양이 솔찬한데도 불구하고 프라나의 대답은 무조건 예스다.

'대체 공간이 얼마나 되기에……'

한번 알아보고 싶은 마음에 다시 의념을 전했다.

'프라나, 뜰에 있던 문석과 양석도 가지고 올 수 있어?'

'……'

'뭐야?'

왜 잠잠하지?

당장 반응을 보이던 것과는 달리 지금은 아무런 응답이 없다.

'불가능해?'

'……'

역시나 마찬가지.

'결국 어렵단 말이군.'

그렇다면 여기서 문제가 된다. 취하고 싶은 유물을 확실하게 구분해야만 한다는 것이다.

'뭐, 나중에 결과를 보면 알게 되겠지.'

"이수 씨, 이쪽으로 먼저 돌아요."

"아, 예."

앞서가는 모모를 따라가니 석기시대 유물이다.

타제석기를 비롯해 슴베, 반달돌칼, 크고 작은 석검 등의 간석기가 잘 진열되어 있었다.

이어지는 코너는 청동기였고, 청동검을 비롯한 각종 청동기들이 담용의 눈을 새로운 세상으로 이끌었다.

'어라? 저건 다뉴세문경이잖아?'

대한민국 국사 교과서마다 빠지지 않고 등장하는 다뉴세문경을 직접 보게 될 줄이야.

역시 중요 미술품으로 구분되어 있었다.

토기들, 화덕, 샤먼의 무구인 입형간두, 수문식판, 청동금상감 국자 등을 눈으로 훑고서 멈춰 선 곳은 각종 금귀고리 진열장 앞이었다.

"와! 이쁘다."

미세한 세공에 이어 펜던트까지 달아 놓은 금귀고리 앞에서 난희가 환호성을 질렀다.

"언니, 이 금귀고리 정말 아름답지?"

"응. 신라 시대라면 천 년도 더 된 시긴데……."

눈을 바짝 갖다 댄 모모 역시 탄성을 흘려 냈다.

"어쩜, 어쩜. 이리도 세밀하게 만들었지?"

담용이 살펴보니 '태환이식'이라고 쓰여 있었다.

"언니, 이런 모양의 모조품 귀고리를 파는 곳은 없어?"

"글쎄. 없는 걸로 아는데?"

"아! 아쉽다. 꼭 하고 싶었는데."

"얘. 그렇게 자세히 보다간 절반도 못 봐."

"너무 예뻐서 발이 잘 안 떨어지는 걸 어떡해?"

툭!

"어서 가! 우린 가이드라는 걸 잊지 말라구."

"쳇! 알았어."

"불만 갖지 마. 이게 끝은 아니니까."

"어머! 여기 또 있어. 와! 금팔찌도……."

"얘는 촌스럽게 왜 소리는 지르고 그래?"

"좋은 걸 좋다고 하는데 왜?"

"창피하잖아. 그리고 여긴 정숙해야 하는 곳이거든?"

"우리밖에 없는데 뭘? 다들 지하층에 몰려 있을걸?"

난희의 말처럼 한국인이 아니라면 지하층부터 구경하며 올라오는 것이 순서이긴 했다.

고로 지금 5층만큼은 경비원이나 직원 한 명 없이 달랑 일행 셋뿐이었다.

담용은 모모와 난희가 티격태격하든 말든 유물들을 하나하나 눈에 익히고 있는 중이었다.

하지만 행동은 한 번 훑고 스치듯 지나가는 자연스러운 관람객, 그 이상도 이하도 아니었다.

다분히 감시 카메라를 의식해서다.

뇌리로는 여전히 고향으로 보내 달란 절규가 환청처럼 들려오고 있었다.

"언니, 금동으로 만든 정강이가리개와 신발이야."

"아마 왕이나 장군들이 썼던 걸 거야."

"저걸 차고 움직일 수 있을까?"

"움직일 수 있으니 만들었겠지."

"와우! 옥목걸이다!"

다음 진열품이 별로 중요하지 않았던지 몇 칸을 건너뛴 난희가 호들갑을 떨자, 모모도 쫓아갔다.

귀고리, 목걸이 모두 여성들의 애호품이었으니 당연했다.

그러거나 말거나 담용은 유물들 하나하나를 진중하게 눈에 담으며 지나쳤다.

그렇게 각종 장식품 코너를 지나면서 실피던 담용이 걸음을 멈췄다.

기마인문형토우

국사책에서 봤던 유물이었고, 역시나 중요 문화재로 지정되어 있었다.

'이 유물이 일본에 있었군.'

어디에 소장되어 있다는 말이 없었기에 담용은 지금에 와서야 도굴당한 유물임을 알았다.

어디 이것뿐이겠는가?

그리고 수레형토기, 마형토기, 각배형토기, 토제 피리 등등.

그렇게 1시간 가까이 전시실을 돌다 보니 도자기 코너가
나왔다.

　'프라나, 다 가져와.'

　꿀렁.

　이번에는 곧바로 반응이 왔다.

　'흠. 아무래도 양보다는 무게에 문제가 있는 것 같은
데…….'

　사실 문석이 화강암으로 된 돌이다 보니 무게가 많이 나갈
수밖에 없어 프라나도 어떻게 해 볼 영역이 아닌 모양이다.

　'내 경지가 더 높아지면 가능할지도…….'

　아직은 프라나 경지에서도 초기 상태라 물량에서 한계가
있기 마련이었다.

　경지가 높아지면 물량도 늘어날 것이다.

　"오오! 청자다!"

　난희의 청자란 말에 자신도 모르게 마음이 급해져 발걸음
이 빨라지는 담용이다.

　"언니, 이 주전자 너무 아름다워."

　"어? 이수 씨, 어디 가요?"

　"아, 시간이 너무 걸리는 것 같아서요."

　"하긴, 일일이 다 감상하기는 좀 그렇죠?"

　모모의 말대로 이렇게 시간을 보내다가 중국관도 채 다 돌
아보지 못하고 폐관 시간이 될 것 같아 담용은 청자에서부터

그림, 서화, 동종 전시관까지 빠르게 훑으면서 프라나와 교감했다.

특히 김정희의 서체와 반가사유상 그리고 광배여래입상, 금동팔각사리함 등의 중요 문화재는 머릿속에 꼭꼭 담아 두었다.

'프라나, 내 눈에 띈 것은 전부 기억해서 가져와. 알았지?'

쿨렁. 쿨렁.

프라나의 반응에 담용의 눈이 좁아지면서 나전십장생무늬 이층농을 비롯한 칠보비녀, 장도, 화각자와 화각거울, 합자, 붓, 청동향로, 유리잔 등과 고려 시대 도자기들 그리고 군계일학으로 단연 눈에 띄는 고려청자들을 깡그리 눈에 담았다.

그렇게 주마간산 격으로 대충 둘러봤음에도 어느새 1시간이 훌쩍 흘렀다.

"모모, 이제 중국관으로 갑시다."

"그래요. 난희야, 거기서 뭐 해?"

"장승업의 그림이 너무 좋아서……."

"네 마음은 알지만 좀 참아. 오늘은 고객님의 스케줄에 따라야 한다고."

"알고 있어."

BINDER
BOOK

난 이미 임자가 있다오

담용의 일행은 지금 중국관을 관람 중이었다.

그것도 3층.

4층의 중국관은 대다수가 화상석, 즉 무덤에서 나온 유물로서 돌로 새긴 암각화들이라 대충 둘러보고 나온 참이었다.

다만 보물급의 주칠합과 상아항아리 조각 그리고 각종 예술 조각품들은 프라나에게 인식시켜야 할 정도로 중요한 유물이어서 세심히 살폈다.

특이한 점은 중국관에 조선 시대의 패옥이 전시되어 있었다는 것이다.

'잘못 놨나?'

어쨌거나 이 역시 프라나의 몫으로 인식시켰다.

3층에 들어서 스윽 훑으며 지나던 중에 확 띄는 유물이 눈에 들어왔다.

   '오! 대당서역기라니!'

   1500년 전의 유물치고는 보관 상태가 깔끔했다.

   '이거 소설 '서유기'의 모태가 된 것 아닌가?'

   정확하게 아는 건 아니었지만 '서역기'라는 경전 제목에 그런 추측이 가능했다.

   모르면 물어보는 게 정답이다.

   "모모, 대당서역기에 대해 알아요?"

   "아, 그거 서유기란 소설에 주인공으로 나오는 현장법사란 스님이 집필한 거예요."

   '맞네.'

   때려맞힌 거지만 기분은 업 됐다.

   "거 손오공과 저팔계 그리고 사오정이 나오는 것 말이죠?"

   "맞아요. 대당서역기는 열두 권이지만, 현장법사가 번역한 불경만 무려 1,338권이래요."

   "헐!"

   1,338권이라니!

   평생을 번역에 파묻혀서 세월을 보냈다는 뜻이다.

   '프라나, 이거 전부 가져올 수 있지?'

   쿨렁. 쿨렁.

   반응으로 보아 매우 자신 있는 것처럼 느껴졌다.

'무거운 건 여전히 어렵고?'

'······.'

역시 대답이 없다.

'부피는 가능한데 무게는 해결 방법이 없는 모양이군.'

지금까지의 결론인 셈이었다.

그렇게 되면 문석뿐만 아니라 석탑이나 석등 같은 것도 반출해 오기는 불가능하단 얘기가 된다.

물론 부피도 무한정은 아닐 것이다.

단지 이 정도는 가능한 것이기에 응답한 것일 뿐.

잠시 고민하던 담용이 갑자기 무슨 생각을 떠올렸는지 프라나에게 다시 의념을 전했다.

'프라나, 만약에 다른 건 다 놔두고 문석만 가져오라면 가능해?'

꿀렁. 꿀렁. 꿀렁.

가능하다는 뜻.

'하! 결국 무게가 원인이로군.'

그렇다면 일본을 몇 번 방문해야 한단 말인가?

아마도 족히 수십 번은 왔다 갔다 해야 할 것이다.

그건 담용도 장담할 수 있는 일이 아니었다.

'꿍.'

절로 앓는 소리가 흘러나왔다.

'아!'

묘안이라도 떠올렸는지 담용이 다시 의념을 전했다.

'프라나, 너…….'

말끝을 흐린 담용이 고개를 저었다.

'아, 지금은 말할 단계가 아닌 것 같다. 이따가 숙소에 가서 얘기하자.'

'…….'

'모모에게 부탁하면…….'

"대당서역기 앞에서 뭔 생각을 그렇게 하세요?"

"아, 깔끔하게 보관되어 있는 게 신기해서요."

정말 그랬다. 금박의 글자 한 자 한 자가 너무 또렷해 모사품이 아닌가 하고 의심이 들 정도였다.

"그거야 복원 전문가들의 빼어난 솜씨로 인한 것이죠."

"이게 원본일까요?"

"설명 명문이 좀 긴 데다 한자가 많이 섞여서 해석이 어렵긴 하죠. 하지만 원본임은 확실해요. 다만 명문에 적혀 있다시피 1126년에 주손지 건립 공양 시 봉납된 것으로 헤이안 시대에 작성된 거라고 보면 돼요. 그리고 이건 대당서역기 제7권일 뿐이고요."

끄덕끄덕.

'뭐, 내 경우는 내용이 중요한 건 아니니까.'

다만 관심을 보이는 것만큼 대당서역기가 사라졌을 경우 의심 대상에서 제외될 것을 바랄 뿐이다.

감시 카메라가 담용의 바로 머리맡에 위치해 있어 더 자연스러운 행동을 요구했다.

당연히 감시 카메라를 향해 단 한 번도 쳐다본 적이 없다.

그래서 모모의 설명에 두 손으로 머리까지 감싸며 감탄하는 흉내를 냈다.

"와! 정말 대단하네요."

'젠장! 뻣뻣한 혀를 기름칠한 것처럼 구르려니 혀가 다 꼬이네.'

원래가 마음에도 없는 소리를 하게 되면 그런 것이다.

아울러 감시 카메라로 인해 은근히 칼날 위에 서 있는 기분도 들어 긴장도 됐다.

"호호홋. 일본의 문화재 복원 기술은 세계적으로 알아준다고 해요."

모모는 자기가 일본인이라도 되는 것처럼 그 부분만큼은 자부심이 잔뜩 밴 웃음을 터뜨렸다.

"그런 소리 들을 만하네요."

담용도 맞장구치며 인정한다는 듯이 고개를 마구 주억거렸다. 기왕에 응해 주자고 마음먹은 것이니 못 할 것도 없었다.

그래서 슬며시 부탁했다.

"모모, 부탁 하나 해도 돼요?"

"네, 고객님, 뭔 부탁이신지는 모르지만 제가 할 수 있는 거라면 뭐든 들어드리지요. 단 같이 잠자는 말은 거절입니당."

"하하핫."

장난스러운 모모의 어투에 담용이 헛웃음을 터트리고는 말했다.

"일본이 보관하고 있는 유물에 관한 책자를 구할 수 있어요?"

"유물에 관한 서적이라면…… 아, 팸플릿 말인가요?"

"팸플릿?"

"네. 그거라면 로비에 비치되어 있어요."

'그걸로는 한참 부족하지.'

그걸 구하려면 일본 박물관들을 죄다 방문해야 가능한 일이다.

"아, 제 말은 일본이 보유하고 있는 유물들에 대해 기록해 놓은 책자를 말하는 겁니다."

"음, 글쎄요. 그런 책에 있는지 한 번도 생각해 보지 않아서…… 뭐, 일단 수소문은 해 볼게요."

"아, 고마워요."

"히힛. 찾아는 보겠지만 큰 기대는 하지 마세요."

"없으면 할 수 없지요."

유사한 책이라도 있으면 좋으련만, 그런 게 없다면 실로 난감해진다.

벌여 놓은 일이 적지 않은 탓에 마냥 일본에 머물 수가 없는 담용의 처지였다. 그래서 유물에 관련된 책자를 구해 프라나와 상의해 볼 작정을 한 것이다.

담용이 조금 난감한 표정을 짓자, 모모가 물었다.

"그게 꼭 있어야 하나요?"

"꼭이라기보다 그게 있으면 일본에 있는 박물관을 다 돌아보지 않아도 될 것 같아서요. 웬만한 유물이라면 그냥 참고하면 될 일이라⋯⋯."

"아, 아. 무슨 말인지 알겠어요."

건성으로 고개를 끄덕인다 싶던 모모가 뭘 빠뜨리기라도 했는지 말도 없이 잰걸음으로 밖으로 나갔다.

"⋯⋯?"

고개를 갸웃한 담용의 시선이 난희에게로 향하니 액세서리가 전시된 곳에서 움직일 줄 몰랐다.

'훗. 여자들이란⋯⋯ 응?'

입구로 두 명의 사내가 들어서는 것을 본 담용의 이마가 살짝 찌푸려졌다.

이미 감지했던 사내들로, 박물관 입구에서부터 묘하게 거슬리던 인상들이어서다.

'날 미행하고 있는 건가?'

애써 관람객처럼 행동하고는 있지만 틀이 어디 가는 건 아니어서 딱 봐도 뒷골목 패거리였다.

'쯧. 곧 알게 되겠지.'

담용과는 반대편으로 향하는 시내들을 눈으로 좇던 담용이 이내 다시 전시대를 향하니 금동불이 눈에 들어왔다.

'남북조시대?'

낡고 얼룩이 지긴 했지만 두 손을 가지런하게 모으고 앉은 불상이다.

'아, 여래좌상.'

가짓수가 제법 많다.

그중에 압권은 수나라 시대의 금동세지보살상이었다.

'광배의 세공이…… 기가 막히군.'

다음은 석불들이다.

특히 광배를 두른 여래오존상이 아름다웠다.

'서위 시대면 언제야?'

척 봐도 도굴해 온 유물로 보였다.

일본인들이 도굴했는지 아니면 도굴범들에 의해 팔려 왔는지 전문가가 아닌 담용이 봐도 딱 그랬다.

그리고 부처의 머리상인 불두와 삼존불들.

'너무 커서 가져가긴 글렀군.'

불두만 해도 담용의 키만큼 컸다.

심지어 두 개 층까지 통하는 커다란 불상도 있었다.

"이수 씨!"

"……!"

"짠!"

모모가 자랑스러운 듯 종이 가방을 들어 보이며 이빨이 드러나도록 환하게 웃었다.

"그게 뭡니까?"

"보면 아실 거예요. 자!"

안기듯 건네주는 종이 가방을 받아 들던 담용은 꽤 무겁다는 것을 알았다.

"……!"

종이 가방을 열어 본 담용의 눈이 호두알만큼 커졌다.

그럴 것이 종이 가방이 전부 팸플릿으로 가득했던 것이다.

몇 겹으로 접힌 것부터 시작해 문고판과 소책자로 된 팸플릿이었다.

"모모, 이게 뭡니까?"

"사무실에 갔더니 주던데요?"

"그러니까 이게 다 뭐란 말입니까?"

"아까 그거 구해 달라고 했잖아요?"

"에? 그럼 이게 전부 유물에 관한 책자란 말인가요?"

"맞아요. 제가 사무실에 가서 물었죠. 일본 유물에 관해 정리한 책자가 있냐고요."

"……?"

"그랬더니 그런 건 없고 아, 그런 책을 제작하기 위해 지금 한창 정리 중이라고 했던가? 개인 소장품들이 많아서 시간이 걸린다고 하더라구요."

"그, 그래서요?"

담용이 급 관심을 보였다.

"전국의 박물관에서 홍보 책자로 보내온 팸플릿은 있다고
해서 전부 가져왔어요. 그게 뭐 잘못됐어요?"

"아, 아니에요. 그럴 리가⋯⋯."

담용의 입이 단박에 헤벌쭉해졌다.

"아하하핫. 고, 고마워요."

이 정도면 모범 답안이나 다름없었다.

그래서 워낙 기뻤던 나머지 모모를 덥석 껴안았다.

"옴마-!"

창졸간에 널찍한 남자의 품에 안겨 버린 모모가 비명을 질
렀다. 하지만 싫지는 않았던지 담용을 밀쳐 내지는 않았다.

'아, 좋다!'

이 순간이 영원이었으면.

그러나 그 꿈은 단박에 깨져 버렸다.

"두 사람 지금 뭐 하시는 거예요?"

언제 왔는지 새초롬해진 난희가 두 사람을 빤히 쳐다보면
서 수상하다는 듯 째려보고 있었다.

"앗!"

"크흠."

화들짝 놀란 두 사람이 얼른 떨어졌다.

"아, 아하하하핫. 그, 그게 말이다."

"아, 미, 미안합니다. 나도 모르게 너무 고마워서 그만…… 모모, 실례했어요."

사과를 하는 담용도 얼굴이 벌게져 있었다.

'사과는 안 해도 되는데…….'

"괘, 괜찮아요."

'아, 좋았는데…….'

짧긴 했지만 생전처음 남자에게 안기다 보니, 진한 울림이 전해지는 게 하늘을 나는 기분이었던 모모다.

'확 시집이나 가 버릴까?'

남자한테 안기는 기분이 이런 건가 싶은 모모는 잠시였지만 황홀했던 나머지 그런 생각까지 들었다.

"언니, 나 좀 봐."

"으응."

책이라도 잡혔는지 난희가 이끄는 대로 끌려가는 모모다.

"아예 물고 빨고 핥지 그래?"

"야!"

"이건 약속했던 것과 다르잖아?"

"그, 그게 말이다. 나도 얼떨결에 당하다 보니…….."

"이 씨. 날 밀어준다고 해 놓고…….."

"야, 미안하다. 본의가 아니었다구. 네가 원한다면 내 머리카락이라도 쥐어뜯을까?"

"헹!"

횏 토라져 돌아서는 난희 앞에 담용이 가로막고 섰다.

"난희 씨, 오해 말아요. 내가 그토록 원하던 걸 모모가 가져다줘서 나도 모르게 그만 감동해서…….."

애써 변명하는 담용의 입가에 쓴웃음이 걸렸다.

"흥!"

"야! 네 콧방귀가 어째 면도날보다 더 날카로운 것 같다? 심장을 쿡쿡 찌르네."

"모모, 근데 약속이라니? 뭔 말이에요?"

'히익! 들었구나.'

남들보다 몇 배나 청각이 예민한 담용이라 당연했지만 모모는 그런 사실을 알 리가 없었다.

"아, 하하핫. 그게…….."

'아나. 뭐라고 하지?'

퍼뜩 떠오르는 게 없어 궁색해진 모모가 서둘러 입을 뗐다.

"그게요, 우리 둘이서 약속하기를 가이드를 하는 동안 고객에게 고객 이상으로 대하지 않기로 했거든요."

'쯧. 덥석 안은 걸 난희 씨가 오해한 거구나.'

오해가 오해를 낳는 순간이었다.

"아, 아. 그런 거라면 전적으로 내 실수이니 난희 씨는 오해하지 말아요."

"말로만요?"

"크흠. 사과하는 의미로 저녁 식사는 두 분이 원하는 것으로 사 드리도록 하죠."

"와! 난희야, 너 참치회 먹고 싶다고 했잖니?"

이때다 싶었던 모모가 호들갑을 떨며 화제를 돌렸다.

"어? 네기토로를 무지 먹고 싶었어."

언제 삐졌냐는 듯, 금세 돌변한 난희의 얼굴이 단박에 환해졌다.

"엥? 그거 참치를 직접 해체하는 맛집에 가야 먹을 수 있는데…… 때도 맞아야 하고. 가능한 걸 바라야지."

"몰라, 난 네기토로를 먹고 싶을 뿐이야. 이런 기회가 잘 없잖아?"

'이년이?'

"네기토로가 뭐죠?"

"참치 갈빗살을 말해요."

"참치…… 갈빗살요?"

들었지만 참치에 대해 뭘 알아야 아는 척이라도 해 보지.

"네. 50Kg짜리를 해체해 봐야 겨우 두 숟갈 정도 나올까 말까 해요."

"귀한 부위네요."

"그런 셈이지만 먹고 싶다고 해서 먹을 수 있는 게 아니에요. 기회를 잘 잡아야 해요."

아무 때나 먹을 수 있는 게 아니라는 얘기.

"얘! 그게 없으면 모듬참치도 먹을 만해."

"아무튼! 난 참치회가 먹고 싶어."

"좋아요. 그리로 갑시다."

"와! 좋아라."

그새 평상시 모드로 돌아온 난희가 모모의 팔을 껴안으며 말했다.

"언니, 마구로쇼텐이 좋다며?"

"거기가 좋긴 하지. 여기서 멀지도 않고. 하지만 거길 간다고 해서 꼭 먹을 수 있는 건 아니잖아?"

그렇게 말한 모모가 담용의 팔을 끌었다.

"이수 씨, 이제 거의 다 봤으면 지하로 가요."

"지하에는 뭐가 있죠?"

"동남아 쪽 유물관요."

"흠, 거긴 굳이 볼 필요가 없을 것 같네요."

"아니, 왜요?"

"쓸데없이 범위만 넓히면 죽도 밥도 안 되거든요. 전 동북아시아 유물만 공부해도 머리가 터질 지경이라서요. 하핫."

"아, 그럴 수도 있겠네요."

"어머! 잘됐다. 그럼 우리 특별전이 열리는 효케이관으로 가요."

"글쎄다. 이수 씨, 미술 작품 좋아해요?"

"아까 가고 싶다고 했던 것 같은데요?"

문화재도 그렇지만 미술 작품은 더더욱 문외한이라 썩 내키지 않았지만 모모가 팸플릿을 가져다준 보답은 해야 했기에 쾌히 응했다.

"히힛. 그래도 고객에게 의사를 묻지 않을 수는 없죠."

"까짓것 갑시다."

"아하핫, 감사해요. 그 대신 제가 정보 하나 알려 드릴게요."

"정보요?"

"네. 거기 가방 좀⋯⋯."

뭘 찾는지 잠시 종이 가방 안을 주섬대던 모모가 팸플릿 하나를 꺼내 들었다.

京都国立博物館

'경도국립박물관? 아, 교토국립박물관이로군.'

이어 팸플릿 안에 끼어 있는 속지 한 장을 들어 담용에게 건네며 말했다.

"사무실 직원이 팸플릿을 챙겨 주면서 그걸 주더라구요."

"⋯⋯?"

세 겹을 접힌 쪽지를 펴자, 족자 그림들이 주르륵 나열되어 있었다.

"불화에 관심이 있다면 참고가 될 거예요."

모모의 말대로 죄다 불화, 그러니까 탱화다.

"교토국립박물관에서 전 세계에 흩어져 있는 동양의 불화를 한데 모아 특별전을 한다네요? 쉽지 않은 기횐데 갈 수 있으면 가 보세요."

언뜻 훑어도 10세기에서부터 18세기까지의 탱화들이다.

소장 국적도 미국, 영국, 독일 등 다양했다.

'이거 괜찮은데?'

내색은 하지 않았지만 담용은 속으로 이게 웬 횡재인가 싶었다. 이걸 깡그리 쓸어 올 수만 있다면!

일본 문화청은 상당한 곤욕을 치러야 할 것이다.

"아, 고마워요. 동양의 문화를 이해하는 데 불화를 빼놓을 수는 없지요."

"그 말은 교토로 가겠다는 건가요?"

"일정만 되면 가고 싶긴 합니다만…… 저도 시간이 무한정한 게 아니라서요."

담용은 굳이 꼭 가서 봐야겠다는 말은 하지 않고 건성으로 답했다. 이유는 이따가 저녁에 프라나와 의념을 교환해 보고 결정할 일이어서다.

"신칸센을 이용하면 3시간도 안 걸려요."

"엄청 먼 거리군요."

모모는 아주 쉽게 말하지만 신칸센으로 말이 3시간이지,

시속이 자그마치 500Km 이상이다. 그 말은 간단히 계산해도 1,500Km 이상 되는 거리란 얘기다. 서울과 부산까지 세 번씩이나 왕복해야 하는 구간.

'일단 프라나와의 교감이 먼저다.'

"근데…… 저흰 함께하지 못해요."

"하면 저 혼자 가야 한단 말입니까?"

"동행하고 싶지만 제 스케줄이 있어서요. 정 가시겠다면 난희와 같이 가세요. 그래도 얘가 일본에 자주 와서 익숙한 편이거든요."

모모의 말에 담용이 난희를 바라보니 담용을 빤히 쳐다보는 기색이 기대에 찬 눈빛이다.

'뭐야, 저 눈빛은?'

가끔 정인이 자신을 쳐다보던 눈빛이 거기에 있었다.

'쩝. 뭔 여자들이 남자 무서운 걸 몰라?'

한데 그것이 오히려 노란 병아리 같은 차림새와 묘하게 어울리는 건 또 뭐냐?

얼핏 봐도 명품으로 된 코디인데 튀지가 않았다.

아니, 무엇보다 용모가 더 빛을 발하는 난희였다.

반면에 모모는 적당한 허영심의 성격이 돋보여 자칫 속물처럼 보이긴 하나, 과하지 않았기에 친근감이 들었다.

'쯧. 소녀 같은 순수함과 집요함이 더 무서운 법이지.'

대개는 예쁜 여자의 적당한 허례와 가식에 더하여 따뜻

한 눈빛을 만나게 된다면 쉽게 헤어날 수 없음을 모르지 않는다.

아름다움을 탐내고 숭배하는 것은 인간의 본성이니까.

'쩝. 난 이미 임자가 있다오.'

당용은 얼른 화제를 바꿨다.

"흠. 원래 예정에 없던 일이라 생각을 해 봐야겠어요."

"그래요. 욕심을 낸다고 다 할 수는 없죠. 자, 이제 효케이관으로 가…… 아, 잠시만요."

모모의 가방 속에 든 휴대폰의 진동이 담용의 귀에까지 들렸다.

액정을 확인한 모모가 살짝 미소를 지어 보이더니 손바닥을 펴 보이고는 한쪽 구석으로 향했다.

"노디, 저예요."

ㅡ금액을 맞췄다.

"그래요?"

ㅡ기한은 일주일 내다.

"일단 찾아보죠."

ㅡ수락한 걸로 알겠다.

"노놉!"

ㅡ아니, 왜?

"그렇게 부담을 주면 아예 없었던 일로 할게요."

ㅡ에잉. 또 뭔가 불만인데?

"그럴 만한 작자가 없으니 하는 말이죠."

―없으면 네가 대신 나서면 되잖아?

"지금 제게 직접 의뢰하는 거예요?"

―크흐흠, 그건 아니고…… 넌 너무 비싸.

"그럴 줄 알았어요."

'흥, 쪼잔한 건 여전하다니까.'

하기야 그러니 고객이 끊이질 않지.

하지만 싸다고 해서 내용이 부실한 건 아니었다.

의뢰 금액에 비해 가성비가 좋았으니까.

―정 없으면 아마테라스를 이용해 봐.

"저더러 일주일 내로 오키나와로 가서 찾으란 말은 너무한

거 아니에요?"

―이거…… 신용에 금이 가겠는걸?

"일단 기다려 보세요."

'쳇! 도라곤怒羅権에서 찾아봐야 하나?'

도라곤은 일본 내 중국계 폭력 단체를 말했다.

"노디, 제가 지금 업무 중이라 바쁘거든요."

―그놈의 돈도 되지 않는 가이드는 왜 해?

안 봐도 척인 것은 그만큼 둘 사이에 격이 없다는 뜻이다.

"호홋. 인생에 돈이 전부가 아니죠. 끊을게요."

탁.

통화를 마친 모모가 토토토 뛰어왔다.

"미안해요. 이제 가요."

'아으, 좀 피곤한걸.'

두 여자와 헤어져 숙소로 향하는 담용이 양어깨를 몇 번 휘돌리며 뻐근해진 목까지 돌려 뭉쳐진 근육을 풀었다.

차크라로 무장되어 있는 담용이 피곤할 리는 좀처럼 없다.

다만 효케이관에서 물고기가 물을 만난 듯 재잘대는 난희로 인해 정신이 다 어질했던 영향이 컸다.

'훗. 미술 평론가라더니…….'

담용은 효케이관에서 비로소 난희의 진가를 알았다.

미술 작품 하나하나를 설명할 때, 막히는 것 하나 없이 줄줄 읊어 대는 난희의 방대한 지식에 담용도 연방 고개를 끄덕이며 새로운 세계를 접할 수 있었다.

'이거 예술 분야 쪽에도 훅 커진 기분인걸.'

담용이 집중한 것도 있었지만 그만큼 난희의 강의 같았던 설명이 귀에 쏙쏙 들어왔다는 얘기다.

'후후훗.'

뭘 떠올렸는지 담용의 입가에 절로 미소가 머금어졌다.

다름 아닌 참치횟집에서의 일 때문이었다.

바로 그토록 먹고 싶어 했던 네기토로 앞에서 웃음꽃이 뭔

지를 확실히 보여 준 난희의 표정 때문이었다.

'흠. 여전히 따라다니는 걸 보니 역시 내가 목표로군.'

하기야 동료가 당했음에도 가만히 있다면 다른 패거리들에 얕잡아 보일 테니 설사 불가항력일지라도 복수에 나서는 게 이 바닥의 생리다.

"악! 왜 이래요? 이거 놔요!"

'응? 이건 또…….'

앙칼진 뾰족음에 담용의 시선이 소리가 난 곳으로 향했다.

'아나, 하필이면…….'

숙소로 들어가는 입구에서 사내 두 명과 끌려가지 않으려고 악을 써 대며 버티는 여성이 눈에 들어왔다.

'뭐야? 데쟈뷰도 아니고.'

모모와 난희가 처했던 장면이 뇌리에 떠오른 것이다.

다른 게 있다면 이번에는 한 명이라는 것.

'터가 안 좋은 건가?'

그리 음침한 골목도 아닌데 두 번씩이나 이런 상황이라니.

게다가 밤도 깊지 않은 10시경이다.

'듣던 것보다 치안이 엉망이군.'

이틀 새에 두 번이면 이런 일이 자주 일어난다는 얘기나 다름없다.

"아악! 사, 사람 살려―!"

힘에 부쳤던지 기어코 절망의 끝에서 터져 나오는 비명이 골목을 뒤흔들었다. 그럼에도 어쩐 일인지 인기척이라곤 없었다.

남의 일에 신경 쓰지 않는다는 것은 그만큼 보복이 두렵다는 뜻일 것이다.

담용도 선뜻 나서고 싶지 않은 마음이었다.

나름대로 뜻한 일을 앞에 두고 자꾸 이런 식으로 엮여 들다가는 좋을 것이 없기 때문이었다.

'좀 수상하긴 하지만…….'

언뜻 드는 생각이 그랬다.

하지만 상황을 보면 당장 뜯어말려야 할 일이라 담용의 걸음이 빨라졌다.

"언니, 내일은 어디서 만나기로 했어?"

"그야…….”

우뚝.

"옴마야—!"

"응? 왜 그래? 갑자기!"

"내 정신 좀 봐. 약속을 하지 않고 그냥 헤어졌네."

"응? 전번 받았잖아?"

"그게…… 전번 받는 걸 깜빡했어."

"이 씨."

난희의 눈썹이 대번에 역팔자로 곤두섰다.

"야! 이게 다 너 때문이야."

"뭔 소리야? 그게 왜 내 탓인데?"

똥 싼 놈이 방귀 뀐 놈에게 성낸다더니 모모가 딱 그 짝이라 난희는 어이없다는 표정을 지었다.

"네가 워낙 작품 설명을 잘해서 이수 씨나 나나 홀딱 빠져서 그렇게 된 거라구. 사실 내가 그림에 대해 뭘 알겠냐? 눈치를 보니 이수 씨도 그런 것 같고. 근데 네가 설명을 너무 잘하는 바람에 둘 다 시간 가는 줄 모르고 빠져들 수밖에 없었잖아?"

"하! 그게 이유가 돼?"

억울한 표정을 짓는 난희에게 모모가 쐐기를 박았다.

"난 돼! 네 설명으로 신세계를 봤거든."

"이 씨. 그런 말로 얼렁뚱땅 넘어가려고……."

"암튼 난 잘못 없다. 다 니 탓이니까."

"말도 안 돼!"

"시끄럿! 여기서 기다릴래? 같이 갈래?"

"어딜 또 가?"

"이수 씨한테 전번 받아야지. 약속 시간도 정하고."

"이미 들어갔을 수도 있잖아?"

"아직일걸? 입실했다 해도 호수를 물어보면 되지."

"이 씨. 두고 봐."

"같이 갈래, 말래?"

"빨리 가!"

'에휴. 살았다.'

10년은 감수한 표정을 자아낸 모모가 앞장서며 왔던 길을 되짚어 갔다.

이놈들은 걸핏하면 칼이야

"아, 이거 좀 놔요."

"사, 살려 주세요. 살려 줘요-!"

꼭 술집에 종사하는 것 같은 천박한 차림의 여성이 연방 살려 달라는 아우성만 반복하며 담용의 팔을 필사적으로 붙잡고 늘어졌다.

"저 자식부터 조져!"

"왼쪽을 맡아!"

마치 약속이나 한 듯이 동시다발적으로 소리친 두 명의 사내가 칼을 꺼내 듦과 동시에 득달같이 달려들었다.

'네 명?'

담용의 시야로 이때를 노렸다는 듯, 모퉁이에서 빠르게 접근해 오는 두 명의 사내가 들어왔다.

박물관에서 본 사내들이었다.

'엉?'

본능적으로 퍼뜩 느껴지는 게 있었다.

'그렇다면!'

담용이 뭔가를 떠올리기도 전에 프라나가 먼저 울렁했다.

'응?'

쿨렁이 아니고 울렁이라니!

약간은 이질적인 반응이 기이했지만, 순간 담용의 전신으로 가드 포스(강기)가 한 겹 덧입혀짐으로써 현실을 자각했다.

아니나 다를까?

그와 때를 같이하여 옆구리로 날카로운 이물질이 파고드는 감각과 더불어 비틀리는 것까지 고스란히 느껴졌다.

비수를 찌른 후, 비튼다는 것은 일반인이 할 수 있는 기술이 아니었다.

더군다나 여자라면 더 그렇다.

'한두 번 해 본 솜씨가 아닌걸?'

"오호호홋! 잡았다!"

득의에 찬 뾰족한 웃음소리와 함께 삭막하고도 짤막한 음성이 담용의 귀를 파고들었다.

하지만 '다' 자가 끝나는 찰나, 여성의 허리춤을 잡아 챈 담용이 우측에서 길쭉한 회칼을 쭉 뻗은 채 짓쳐 오는 사내를 향해 냅다 던져 버렸다.

여자라고 해서 자신을 해치는 것까지 용서할 아량이 없었던 담용은 손아귀에 차크라까지 동원해 분노를 표출했다.

퍼억!

"아아악!"

심상치 않은 단발마의 비명이 여성의 입에서 튀어나왔다.

워낙에 갑작스러운 돌변 상황이었던지 채 피하지 못한 사내의 회칼이 여성의 복부를 그대로 관통하는 불상사로 번진 것이다.

당황한 사내가 덮쳐 온 여성의 무게를 견디지 못하고 서로 엉키며 나뒹굴었다.

이어 핏물로 홍건해지기 시작하는 바닥.

극도의 고통에 연방 토해 내는 여성의 날카로운 비명.

아래에 깔린 사내는 아직 피가 솟구치는 것도 인지하지 못하고 신경질적으로 여성의 뺨을 후려쳤다.

"이년아, 조용히 해!"

하지만 그러거나 말거나 담용도 상황을 모르기는 매한가지였다.

여성을 내던지는 즉시 왼쪽에서 짓쳐 드는 사내를 덮쳐 간 담용의 앞에는 가로등 불빛에 반사된 회칼의 '샤악!' 하는 사이한 소음만이 감지됐다.

회칼의 움직임은 숙련된 횟집 주방장의 솜씨처럼 전광석

화같이 쇄도해 오는 담용을 향해 횡으로 베어 왔다.

회칼이란 이름만 빌린 일본도나 다름없는 칼의 길이에, 갈치의 은빛 비늘처럼 번들거리는 칼날이 뱀의 혓바닥인 양, 날름거렸다.

그런 매서움이 적시에 담용의 가슴을 그으며 '그극' 소리를 냈다.

뼈가 베이는 듯한 감촉에 사내의 입매가 한일자를 그었다.

'됐어!'

사내의 입가에 득의의 웃음이 머금어지려는 찰나, '틱!' 하고 회칼을 쥔 손목에 마치 쇠고랑이 조여지는 느낌이 전해졌다.

"윽!"

절로 억눌린 신음이 흘러나올 때, 몸이 깃털처럼 붕 뜬다 싶더니 세상이 거꾸로 섰다.

하나, 그것도 잠시.

이내 바닥으로 내리꽂히면서 어깨가 부서지는 고통에 비명을 지를 새도 없이 정신이 까무룩해졌다.

그때, 여성과 뒤엉킨 사내의 입에서 경악성이 터져 나왔다.

"으아아악! 우, 우에다!"

뒤이어서 담용에게로 달려들던 두 명의 사내가 심상치 않은 고함에 주춤할 때, 다시 목청껏 내지르는 음성이 터져 나왔다.

"요, 요시코가…… 요시코가 죽었어! 요시코가 죽었다고! 우에다! 하라! 요시코가…….'"

"이런!"

두 사내도 눈이 있었기에 가로등에 비친 질척한 액체가 핏물임을 모를 수 없었다.

담용도 움직임을 멈추고 고개를 돌려 보니 바닥에 핏물이 흥건했다.

'젠장…….'

조금 과하다 싶게 손을 쓰긴 했지만 핏물이라니!

필시 마주 오던 사내가 든 회칼에 찔린 결과일 것이리라.

"이봐! 너!"

담용이 다짜고짜 가장 가까이에 있는 사내에게 소리쳤다.

"이런 상황에서 싸우기는 좀 그렇잖아?"

중상과 사망은 근본부터 다르다는 것은 놈도 아는지 대번 혈기가 가라앉았다.

"……!"

"사람부터 살려야 하니 구급차 불러!"

"우라질! 하라! 전화해!"

"아, 알았어!"

옷을 더듬던 하라라 불린 사내가 소리쳤다.

"씨앙! 휴대폰을 안 가지고 왔어!"

"이런!"

혹시라도 정체가 드러날까 저어해 신분이 증명될 만한 것 자체를 지니고 오지 않았음을 그제야 안 우에다가 재차 소리를 질렀다.

"멍청아, 택시를 잡으면 될 것 아냐!"

"기, 기다려!"

허둥대며 도로 쪽으로 달려가는 하라를 보고 담용이 중얼거렸다.

'어이구. 어설픈 놈들 같으니…….'

덜렁대는 꼴새를 보니 담용이 봐도 딱 얼치기들이었다.

"앗! 저, 저게 뭐야?"

막 초밥집 모퉁이를 돌려던 모모가 여성의 비명을 듣고는 갑자기 입을 손으로 틀어막으며 얼른 몸을 숨겼다.

"뭐, 뭔데?"

"쉿! 우에다 패거리야. 나서지 마!"

"야쿠자야?"

"그래."

"또야?"

"아무래도…… 악!"

모모의 시선에 담용의 복부가 칼에 베이는 모습이 잡혀 저도 모르게 새된 비명이 터져 나왔다.

"어, 언니."

"이수 씨가 다친……."

'엉? 멀쩡해?'

잘못 봤나? 그럴 리가?

분명히 칼의 궤적이 복부를 긁고 지나가는 걸 똑똑히 봤는데…….

착각이었나?

아, 착각이었나 보다.

담용에 의해 오시마가 허공에서 물구나무서기를 하고 있었다.

'유도를 했다더니…….'

정말 번개 같은 솜씨다. 메치는 위력 또한 선수 출신 같다.

"이, 이수 오빠가 다쳤어?"

"아, 아니, 이수 씨가 타깃이 된 것 같다고."

야쿠자들의 타깃이 됐다는 말에 난희가 기겁하며 발을 동동 굴렀다.

"어, 어떡해? 그거 우리 때문이잖아?"

"그렇긴 한데……."

'아나, 미안해서 어쩌…… 헛!'

건물 모서리에서 눈만 빼꼼 내민 채 드잡이 상황을 지켜보던 모모가 화들짝 놀라 얼떨결에 몸을 드러냈다.

"어, 언니."

난희가 얼른 잡아채 끌어당겼다.

"나서면 안 된다며?"

"얘. 아무래도 심상치가 않다. 요시코가 칼에 찔렸나 봐. 바닥에 피가 흥건해."

"요시코? 아는 여자야?"

"응. 고등학교 동창."

"야쿠자들과 어울리는 걸 보니 일진이었구나?"

"좀 놀긴 했지."

'나랑 같이.'

이 말은 쏙 뺐다.

"근데 남자들 싸움에 여자가 왜 끼어 있어? 그리고 이수 씨는 칼을 안 가지고 다니잖아?"

그거야 모르지. 품에 숨겨 놓은 것까지 알 턱이 없잖아?

"조금 늦어서 어찌 된 일인지는 모르겠다만 피를 저렇게 많이 흘렸다면 생명이 위험할 수도 있어."

"그럼 구급차부터 불러야 하는 것 아냐?"

"그, 그래."

대답은 했지만 선뜻 휴대폰을 들지 못하는 모모였다.

'이거 엮이면 곤란한데……'

신고를 했다간 참고인으로 경찰서에 불려 다녀야 하는 모모로서는 여간 껄끄러운 것이 아니어서 망설여졌다.

　'에이 씨. 그래도 애가 위급한데…….'

　모모가 막 휴대폰을 들었을 때, 상황이 바뀌었다.

　"헛!"

　"또 왜?"

　"이, 이수 씨가 오시마를 메다꽂고는 싸움을 멈췄어!"

　모모의 말처럼 담용의 목소리가 들려왔다.

　"이봐! 너! 이런 상황에서 싸우기는 좀 그렇잖아? 사람부터 살려야 하니 구급차 불러!"

　담용의 말에 사내들이 우왕좌왕 허둥대는 모습이 모모의 눈에 들어왔다.

　잠시 후, 택시가 도착하고 곧 현장이 정리됐다.

　"얘. 상황이 끝난 것 같다."

　"다행이다. 아무 일 없어야 할 텐데……."

　"그럴 일은 없을 거야."

　"그래도 요시코란 여자가 잘못되면 이수 오빠도 자유롭지 못할 거잖아?"

　"그야…….'

　두말하면 잔소리다.

　'이건 아무래도 쇼지 녀석 작품 같은데…….'

　그럴 것이 시메와 우에다 패거리는 쇼지가 키우는 준고세이인이었기 때문이었다.

'그나저나 분명히 칼에 찔리는 것 같았는데…….'

그걸 언제 피했는지 솜씨가 여간 아니어 보였다.

'언제 피했지?'

오시마가 당하는 순간을 고스란히 보게 된 모모는 담용의 전광석화와도 같은 몸놀림에 적지 않게 놀란 터였다.

어쨌거나 잠시 후, 택시에 요시코를 실은 사내들이 서둘러 떠나자 현장은 피만 흥건한 채 적막을 되찾았다.

"다 갔어?"

"응. 이수 씨만 남아…….."

"그럼 빨리 만나 보자."

"옴마! 쟤…… 잠시만 기다려."

모모의 눈에 담용의 숙소인 아미스타아사가야 호텔 입구의 골목에서 여유로운 걸음으로 등장하는 정장의 사내가 보였다.

모모는 나가려는 난희의 팔을 붙잡았다.

"아, 또 뭔데?"

"쇼지 유고…….."

"쇼지, 뭐라고? 그게 누군데?"

"아, 혼잣말이었어. 넌 나서지 말고 내 뒤에 가만히 있어."

"또 누가 나타났구나?"

'골치 아프게 됐네.'

필시 수하들의 실패를 보고 담용을 해치려 나타난 것이 틀림없어 보였다.

'나서야 하나?'

갈등에 갈피를 잡지 못한 모모는 이러지도 저러지도 못했다.

자신이 나섰을 때의 경우의 수가 적지 않았기 때문이다.

'일단 더 두고 보자.'

생각은 그랬지만 담용의 목숨이 위태롭지 않다면 나서지 않을 작정을 한 상태였다.

"아, 답답해. 언니, 나가자."

"안 돼!"

"아, 왜…… 흡!"

"지금은 곤란해. 또 싸울 것 같으니까."

"또오? 언니, 신고하자. 이수 오빠가 자꾸 괴롭힘을 당하는 게 불안해."

"기다려 봐. 정 불리하다 싶으면 신고할 테니까."

"그냥 신고하자니까! 근데 여긴 왜 이리 조용해? 평소엔 안 이렇잖아?"

"그야 쟤들이 작전 구역으로 정한 거라 그렇지."

"작전 구역? 그건 또 뭐야?"

"그런 게 있어."

야쿠자들은 은밀히 일을 처리할 일이 있을 때, 동네 준고세이인이나 떨거지들을 이용해 주변을 차단하는 것을 기본으로 하는데, 그걸 두고 하는 말이었다.

"글고 신고는 안 돼. 우리가 무지 귀찮게 된단 말이다."

"그 정도는 나도 알아."

범죄와 아무런 연관이 없는 신고자라도 경찰서로 불려 다닐 수 있다는 것쯤은 난희도 알았다.

이거 사실 무지 귀찮은 일이긴 했다.

그래도 사람의 안전이 우선이라 강한 어조로 재촉했다.

"그깟 귀찮은 것쯤은 감수할 수 있어. 빨리 신고해! 언니가 못 하겠으면 내가 할까?"

"나, 난희야."

"내가 할게."

탁!

번호를 누르려던 난희의 휴대폰을 모모가 잽싸게 낚아챘다.

"어, 언니!"

"신고하면 내가 곤란해져서 안 돼. 그러니 좀 참아 봐."

"내가 책임진다니까!"

"넌 내 책임이거든?"

"근데 언니가 왜 곤란해지는데?"

"그런 게 있으니까 더는 묻지 마."

"……?"

난희의 의혹 어린 시선을 무시한 모모는 나름대로 꿍꿍이

가 있어 신고를 보류했던 것이다.

"쉿!"

난희를 진정시킨 모모가 다시 모퉁이로 빼꼼 내다봤다.

금세라도 드잡이할 태세인 두 사람이다.

'괜찮을까? 쇼지는 교쿠신 가라테의 고수인데…….'

교쿠신 가라테는 극진 가라테를 말했다. 거기에 쇼지는 칼
도 잘 다루었다. 아니, 쇼지의 주특기가 칼을 쓰는 것이었다.

그 증거로 우에다 패거리가 칼을 잘 쓰는 것이 쇼지를 닮
으려는 맹목적인 믿음에서였다.

'신진 쿠미인(조직원) 중에서도 특출한 녀석이라 눈여겨보고
있었는데…….'

모모는 워낙 강한 상대라 담용이 걱정되기 시작했다.

'이건 말려야 돼.'

하지만 말릴 만한 구실이 없었다.

자신이 나가서 뜯어말린다고 해서 들어먹을 쇼지가 아님
을 알기 때문이었다.

'하아. 어쩔 수 없나?'

모모의 왼손이 허리를 만지작거렸다.

"빠가총 놈이 제법이군."

모습을 드러내자마자 대뜸 내뱉는 말이 바보 같은 조선 놈이라니!

담용의 눈빛이 순간 얼음처럼 차가워졌다.

"생긴 거에 비해 입은 시궁창인 놈이로군. 쓰레기 출신이냐?"

"뭐, 뭐? 시, 시궁창? 쓰, 쓰레기 출신?"

대번 응대해 오는 담용의 대꾸에 말꼬리가 하늘을 뚫고 올라갈 기세로 변한 쇼지다.

사실 일본은 욕설이 한국처럼 그리 다양하지 않았고, 심한 욕설이 없다고 할 수 있었다.

그러나 이죽거림과 사람을 멸시하는 등의 모멸감을 주는 용어는 타의 추종을 불허할 만큼 다양했다.

이를테면 방금 담용이 내뱉은 단어들이 그랬는데, 모멸감을 당했다고 여기면 엄청 수치스럽게 생각했다.

그 결과로 싸움이 벌어지거나 보복을 다짐하는 일이 다반사였다.

'이놈도 칼잡인가?'

딱 봐도 견적이 나온다.

하관이 뾰족하고 눈매가 매서운 데다 날렵한 체구인 것이 전체적으로 강인해 보이는 인상이다.

"빠가야로! 감히 조센징이 도쿄 한가운데서……."

"아, 그놈 참 말 많네. 어이, 내게 볼일이 없으면 길 좀 비켜 주지 그래? 거기 뒤에 있는 호텔이 내 숙소라고."

그 말에 똥이라도 씹었는지 얼굴이 잔뜩 구겨진 쇼지가 기합부터 내질렀다.

"흐핫!"

날렵한 몸매만큼이나 빠르게 다가선 쇼지의 몸이 거리를 격하고 붕 떴다.

이어서 사정없는 발길질.

팡! 팡! 팡!

한 호흡에 연이은 발 차기에 빈 허공이 연방 터져 나갔다.

담용은 미끄러지듯 뒤로 물러서는 것으로 발 차기를 피하면서 내심 탄성을 질렀다.

'호오! 범상치 않은 솜씬데?'

착지하자마자 스프링처럼 튀어 오른 쇼지의 신형이 또다시 불쑥 솟더니 담용의 머리를 갈겼다.

대단한 순발력까지 갖춘 걸 보니 녀석의 수련이 간단치 않음을 짐작게 했다.

슈욱!

퍼엉!

발길질이 닿은 곳에서 허공이 찢어발겨지는 소리가 터져 나왔다.

소리만 들어도 섬뜩한 기분이었지만 담용은 이미 위치를 바꾼 상태였다.

"비겁한 놈! 사내답게 덤벼라!"

"그러지."

담용도 시간을 질질 끌 이유가 없었기에 자세를 잡았다.

차크라의 기운은 이미 끓어올라 들썩대고 있는 상태여서 풀어 줘야 했다.

"흐라라랏!"

공격과 동시에 기합을 넣는 것이 습관이었던지 '랏!' 자가 끝났을 때는 이미 지척에 다가와 발로 원을 그리며 담용의 다리를 쓸어 오고 있었다.

왼발, 오른발을 차례로 들어 올리면서 피한 담용도 마냥 물러설 수만은 없어 막 몸을 일으켜 정권을 내질러 오는 쇼지의 주먹을 왼팔로 막음과 동시에 누가 떠밀기라도 했는지 상체를 내밀면서 오른 팔꿈치 공격을 가했다.

타격 부위는 쇼지의 관자놀이로, 급소였다.

그러나 잽싸게 고개를 숙이면서 피한 쇼지의 왼 팔꿈치가 담용의 늑골을 파고들었다.

"죽엇!"

쇼지의 입에서 확신에 찬 짤막한 음성이 터져 나왔다.

뜨드득!

흘리듯이 타격을 피했지만 워낙 빨랐던 터라 담용의 옷자락이 뜯겨 나갔다.

'쯧!'

내심으로 혀를 찬 담용이 피하는 즉시 꼿꼿이 세운 수도로 쇼지의 목덜미를 가격했다.

"엇!"

그 촌음같이 짧은 시간임에도 호쾌한 감촉이 오지 않은 것에 당황한 쇼지는 곧바로 위기의식을 느꼈다.

아니나 다를까?

상대의 실력이 의외인 것에 곤혹스러워하는 것도 잠시, 서늘해져 오는 목덜미에 기겁했다.

다급히 자라목처럼 고개를 숙이며 주저앉은 쇼지가 그대로 몸을 굴렀다.

츠륵!

하지만 간발의 차이로 뒤통수에 대패로 깎아 내는 듯한 고통이 전해졌다.

'윽!'

속으로 신음을 삼킨 쇼지가 텀블링하듯 몸을 채서는 벌떡 일어섰다.

'이놈…… 보통내기가 아니구나.'

선제공격을 했지만 솜털 하나 건드리지 못하고 쓸데없는 옷자락만 뜯다니.

그런데 자신은 뒷머리에 고속도로가 난 것처럼 화끈거리는 상처를 입고 말았다.

'이런 우라질 놈이!'

손해를 봤다고 여긴 쇼지는 분개했지만 냉정한 판단은 격
투로는 어렵다는 생각이 들었다.

　　고수라면 한 번 손을 섞어 보는 것으로 단박에 아는 일이
었다.

　　"요시!"

　　입술을 꽉 다문 쇼지는 단박에 승부를 볼 결심이었던지 품
에서 칼을 꺼냈다.

　　'하! 이놈들은 어찌 된 게…… 걸핏하면 칼을 들고 설치
냐?'

　　그래도 양심은 있었던지 담용에게 말했다.

　　"무기를 꺼내라!"

　　"여분이 있으면 주지 그래?"

　　없다는 얘기.

　　"흐훗. 그것도 네놈 복이지."

　　"인정한다. 준비한 자만이 승자의 자격이 있으니까."

　　"흥! 쿨한 척하지 마라! 내 주특기는 칼이다. 그러니 비겁
하단 소린 듣지 않겠다."

　　"네놈 꼴리는 대로 하세요. 단!"

　　"……?"

　　"칼을 든 대신 그만한 각오쯤은 되어 있을 거라고 여기겠
다."

　　'뭐야? 저놈…….'

칼을 보고도 전혀 주눅이 들지 않는 표정이지 않은가?

'오호! 그래? 칼집 따위로는 위협이 되지 않는다 이거지?'

스륵!

'흥! 칼날을 보고도 여유를 부릴 수 있는지 보자고.'

칼이 뽑혔다.

턱!

칼집을 버렸다.

이는 상대를 어찌하기 전에는 칼을 칼집에 넣지 않겠다는 각오를 보여 주는 의식된 행동이었다.

츄릅!

이어 칼날을 입술로 핥는 퍼포먼스까지 보여 주는 쇼지의 눈에 광기가 어리기 시작했다.

'후구히끼.'

회칼의 명칭이다.

담용이 아는 회칼 중 전체적으로 날의 폭과 날의 두께가 좁아 얇은 회를 뜨는 데 특화된 칼이라는 것.

주로 어디에 사용하는 건지는 모른다.

일본의 사시미 칼은 용도에 따라 그 종류가 다양했기에 전문가가 아닌 이상 알 도리가 없었다.

또 다양한 종류만큼 야쿠자들이나 양아치들이 지참해 흉기로 사용하고 있었다.

'한 번에 끝내야겠어.'

흥기를 든 자와 상대할 경우, 시간을 끌어서 좋을 게 하나도 없다.

더욱이 이런 조무래기들과 시간을 허비하는 자체가 너무 아깝다고 여긴 담용이 프라나에게 의념을 전했다.

'프라나, 세컨드 셀프second self 가능해?'

꿀렁. 꿀렁.

'진짜?'

묻고도 의심이 가서 다시 한번 되물었다.

나디 상태였다면 물어볼 엄두도 나지 않았을 것이다.

물론 프라나가 나디 상태였을 때, 그 스스로 두 개로 분리돼 분신하는 것을 보았기에 묻는 것이다.

담용과 나디는 더 이상 둘이 아니었기에 담용도 분신이 가능할 것이라는 이론이었다.

당연히 한층 업그레이드된 지금의 프라나라면 무리 없이 가능할 것 같은 확신이 들었다.

역시나 담용의 직감이 맞아떨어졌다.

그렇다면 더 볼 것도 없었다.

'오케이. 세컨드 셀프!'

처음 시도해 보는 초능력이었지만 추호도 의심하지 않았다.

스윽.

먼저 몸을 움직인 사람은 담용이었다.

"오잇! 바라던 바다!"

쇼지의 입가에 잔인한 미소가 물리더니, 손가락으로 칼을 한 번 휘돌리며 담용을 향해 달려들었다.

두 사람은 충돌할 듯 지극히 간단명료하게 서로를 향해 짓쳐 들었다.

쇼지는 칼을 일직선으로 쭉 뻗었고, 담용은 자살이라도 할 듯, 몸통을 그대로 들이미는 모습이었다.

"어리석은 놈!"

서로가 부딪치려는 찰나, 쇼지가 득의에 찬 웃음을 날리며 난도질하듯 칼을 휘저어 댔다.

휙! 휘익! 휙!

가히 쇼지의 주특기라 할 정도로 전광석화와도 같은 칼놀림이었다.

곧 피가 튀고 살점이 떨어져 나가는 처참한 사태가 벌어질 것임을 추호도 의심하지 않았다.

그 모습을 본 모모는 미처 비명을 지르지 못하고 두 손으로 눈을 가리며 질끈 감아 버렸다.

하지만 잠시 기다려도 비명이나 신음이 들려오지 않자, 이상한 생각이 든 모모가 슬며시 손을 내렸다.

"아…… 흡!"

하마터면 소리를 낼 뻔한 입을 막은 모모의 눈에 바닥에 개구리처럼 패대기쳐진 쇼지의 모습이 들어왔다.

상황은 이랬다.

쇼지의 칼이 담용의 몸을 마구 휘저은 건 분명한 사실이었다. 천지가 개벽을 해도 이번 싸움은 끝났다고 쇼지는 확신했다.

뭐, 비명은 없었다.

이건 즉사했다는 뜻이었다.

감촉도 없었고.

평소 칼을 워낙 잘 버려 놨기에 그럴 수도 있겠거니 여겼다.

처음 있는 일이긴 했지만.

쇼지는 이후의 처리가 좀 골치 아프겠다는 생각을 하며 피바다에 널브러져 있을 놈을 살피기 위해 등을 졌던 몸을 돌렸다.

"칼춤 잘 췄냐?"

"뭐, 그렇……."

난데없이 말을 걸어오는 음성에 무심코 대답하던 쇼지가 화들짝 놀랐다.

"헉! 뭐, 뭐……."

퍼억!

"켁!"

목덜미로 전해진 강한 충격에 비명을 내지른 쇼지는 입에서 핏줄기가 튀어나오면서 비틀거렸다.

그 순간, 겨드랑이가 잡힌다 싶더니 몸이 하늘로 붕 떴다.

어지럼증 때문인지 세상이 거꾸로 보였다.

유도의 엎어치기였지만 그걸 알아볼 겨를이 없는 쇼지의 입에서 악다구니가 튀어나왔다.

"악! 아, 안 돼!"

하지만 안간힘으로 버티려는 의지를 배신한 몸이 기우뚱 한다 싶더니 땅바닥이 바로 코앞으로 들이닥쳤다.

뻐걱!

어깨뼈가 부러지고 승모근이 짓이겨지는 파육음이 났다.

"끄으으윽!"

발라당 뒤집힌 쇼지는 일시 숨이 막히는지 눈을 허옇게 까 뒤집었다.

"이러면 곤란하지."

탁!

뒤통수를 한 대 갈기자, 눈이 툭 튀어나오면서 정신을 차 리는 쇼지다.

곧 자신의 상태를 알아챈 쇼지가 불길 같은 눈빛을 뿜어내 며 소리를 질러 댔다.

"빠카야로! 무슨 조화를 부린 거냐? 정정당당…… 컥!"

싸대기를 얻어맞은 쇼지의 입에서 핏덩이가 튀어나왔다.

"이 자식이 지금 무슨 말을 하는 거야? 칼을 든 놈은 네 녀석이었어.”

“이, 이…… 빠카충…….”

자신의 처지가 믿기지 않았던 쇼지는 눈썹이 춤을 추듯 꿈틀댈 정도로 분했지만 몸이 말을 듣지 않아 몸부림만 칠 뿐이었다.

“쪽바리 놈, 앞으로 두 번 다시 설치지 않게 해 주마.”

담용은 쇼지의 양 손목을 분질러 버렸다.

“끄으으…….”

이어 비명을 지를 새도 없이 오른쪽 발목마저 지그시 밟았다.

빠가각!

뼈가 아작 나는 소리가 선명하게 들려올 때, 입을 딱 벌린 쇼지의 입에서 밤의 적막을 깨우는 비명이 터져 나왔다.

“거참, 시끄럽게…….”

퍽!

“윽!”

뒤통수를 얻어맞은 쇼지가 뇌진탕이라도 왔는지 까무룩 기절해 버렸다.

쇼지는 자신이 담용의 분신인 허상을 상대로 칼부림을 하는 동안 슬쩍 뒤돌아 갔음을 평생토록 알 수 없을 것이다.

그때, 모퉁이에 숨어 있던 모모와 난희가 나타났다.

“이수 씨, 빨리 짐을 가지고 나와요!”

'젠장.'

모모와 난희가 나타나자, 담용은 곤란한 표정을 지었다.

애초 두 여자가 숨어 있을 것을 예측했다면 기척을 느꼈을 테지만, 이왕에 벌어진 일 태연하게 대꾸했다.

"짐? 등에 멘 가방 외에는 없소."

"숙박비는요?"

"전부 지불한 상태요."

"그럼 빨리 이쪽으로 와요."

"……?"

"어서요! 감시 카메라가 없는 길을 제가 안다니까요?"

"아."

그 말에 비로소 담용이 움직였다.

"자, 이리로."

"그래도 구급차는 불러 줘야 되지 않겠소?"

"걱정 마요. 제가 알아서 할 테니까."

"고맙소."

"똘마니들이 오기 전에 벗어나야 하니 빨리 움직여요. 난희, 너도."

"어디로 가?"

"초밥집 뒷골목으로 가."

"알았어."

"이수 씨."

"앞장서세요. 따라갈 테니까."

담용은 모모의 뒤를 따르면서 이럴 경우를 대비한 엉뚱한 생각을 했다.

'프라나, 안 보이게 하는 능력은 없을까?'

운신의 폭이 좁아 늘 변장을 해야만 했기에 푸념하듯 물었지만 대답을 기대한 것은 아니었다.

한데 웬걸?

쿨렁쿨렁쿨렁.

'엉? 가능하다고? 그냥 푸념으로 물어본 건데?'

쿨렁쿨렁쿨렁.

어이쿠! 가능하단다.

그것도 격렬한 반응을 보이는 게 왜 여태껏 써먹지 않았냐고 마치 타박하는 것만 같다.

'오오! 대박! 그래. 이따가 우리 진하게 대화 좀 해 보자고.'

만약 진짜라면 엄청난 스킬이 아닐 수 없어 담용의 마음이 더 바빠졌다.

거래

이쿠다의 거처.

"마키노, 그게 무슨 말이야?"

─쇼지가 당했다고 했습니다.

"쇼지가 당했다니! 누구에게? 아니, 쇼지 유고가 확실해?"

─오야붕, 확실합니다. 제가 직접 확인했습니다.

"그럼 쇼지가 상부의 명령도 없이 행동했단 말이냐?"

─그게 아니라……

"아니면? 뭐야?"

─그게…… 조센징에게 당했답니다.

"뭐라? 여기서 조센징이 왜 나와?"

─저 역시 자세한 사정은 모릅니다만 쇼지의 똘마니들과

조센징 사이에 시비가 있었다고 합니다.

"혹시 그 조센징이 교쿠토 카이의 쿠미인인가?"

교쿠토 카이에 두목을 비롯해 조선인이 많았기에 묻는 것이다.

―아닙니다! 캉코쿠(한국)에서 관광하러 온 녀석이라고 했습니다.

"헐! 캉코쿠진(한국인)이라고? 지금 나더러 그 말을 믿으란 말이냐?"

―저도 믿기지 않지만 보고된 내용이 그렇습니다.

"쇼지가…… 내가 알고 있는 쇼지가 맞긴 해?"

―마, 맞습니다.

"그런데도 당했다고?"

―…….

"이거야 원…… 억장이 무너지는군."

―…….

"그 조센징을 추적하고 있나?"

―애들을 풀어 찾고 있는 중입니다.

"지금 극진흑룡회의 일이 더 급한데 그럴 인원이 어딨어?"

―애들의 사기를 위해서라도 조치는 취해야 할 것 같아 겸하고 있습니다.

"그 말도 맞아. 흠, 알았다. 그 일은 없던 것으로 하지."

쇼지를 결사조로 택했던 일을 말함이다.

"놈을 찾으면 쇼지가 당한 만큼 똑같이 처리하도록."

-하이!

철컥.

묵직해 보이는 전화기의 소리가 유난히 크게 들렸다.

통화를 끝낸 이쿠다가 잠시 고민하더니 다시 전화를 걸었다.

-이쿠다, 무슨 일인가?

"오야붕, 문제가 생겼습니다."

-문제라니?

"쇼지 유고가 쓸모가 없어졌습니다."

-흠, 사연이 있는 것 같군.

"그렇습니다."

잠시 뜸을 들인 아쿠다가 말을 이었다.

"그래서 드리는 말씀입니다만 노디의 도움이 시급합니다."

-아직 답을 받지 못했다.

"돈을 더 주더라도 독촉을 했으면 합니다."

-그러지. 극진흑룡회가 부탁한 일이 잘 풀렸으면 좋겠는데……. 내가 너무 약한 소리를 하는 건가?

"오야붕, 그건 당연한 말씀입니다. 7,500명 가족의 생사가 걸린 일이지 않습니까?"

-그래. 요즘 그것 때문에 잠이 오지 않아.

"오야붕, 힘을 내십시오. 제가 목숨으로 지켜 내겠습니다."

─이쿠다야 믿지. 아무튼 알았다.

"기다리겠습니다."

그 말을 끝으로 통화를 끝낸 이쿠다가 머리를 감싸며 중얼거렸다.

"이 자식은 대체 어디로 숨은 거야?"

웬만하면 하루도 안 가서 행적을 알 수 있는데, 왕원샹이란 중국 놈은 이틀이 지나도록 행방이 묘연해, 안 그래도 휑한 정수리의 머리털이 다 빠질 지경이었다.

"정말 도쿄에 오긴 온 거야?"

사실 이것부터 의심스러워할 정도로 연기처럼 꺼진 왕원샹이란 놈이었다.

"공항 출구를 빠져나와 지하철을 이용한 건 분명한데 거기서부터 감쪽같이 사라졌단 말이지."

이쿠다의 고민이 점점 깊어져 갔다.

그럴 것이, 목하 모리구치구미와 전쟁 직전이란 명제가 이쿠다의 목을 죄고 있어서였다.

대오야붕인 야마카와 호지는 이빨 빠진 도사견이고, 최종 지휘자로 선임된 사카이는 샤테이가시라, 즉 대오야붕과 형제 관계를 맺은 자들 중에서 우두머리일 뿐으로 전투력이 전무해 도움이 되지 않았다.

고로 조직을 실질적으로 이끌어 가며 운영하는 사람은 와카가시라다.

즉 자신 같은 행동책을 중심으로 조직이 돌아가는 것과 더불어 차기의 유력한 두목 후계자이기도 했다.

자연 외부로의 침략을 막아야 하는 의무가 있었다.

그랬기에 결사조로 선택된 것이고.

대오야붕인 야마카와 호지도 이 기회를 통해 간을 보는 것이다.

톡톡톡.

"중국 놈의 건은 근본부터 알아볼 필요가 있겠어."

앞에 놓인 탁자를 검지로 두드리며 초조해하던 이쿠다가 중얼대더니 이번에는 전화기를 통째로 들고 일어섰다.

잠시 거실을 서성거릴 때, 상대방의 목소리가 들려왔다.

ー오우, 이쿠다 상, 웬일이오?

"고바야시 경부, 오랜만이외다."

ー하핫. 그동안 적적하긴 했지요.

"시급한 일이라 거두절미하고 말하겠소. 부탁 하나 합시다."

ー아, 아. 모리구치구미 일 때문이라면 아직 때가 이릅니다만…….

"그런 건 부탁할 생각도 없소."

ー하긴 그 바닥에서 매장당하지 않으려면 관의 힘을 빌리는 건 곤란하겠지요. 그래, 무슨 부탁입니까?

"극진에서 부탁해 온 일인데 힘에 부치고 있소."

—그, 극진흑룡회에서요?

"사실 말하면 안 되는 건데 일이 하도 시급해서 말하는 거요."

—좋습니다. 더 묻지 않을 테니 용건이 뭔지 말씀해 보십시오.

"중국인 학생, 아니 학생이 아닐지도 모르겠소. 어쨌든 그놈의 정확한 신원을 파악해 주면 좋겠소."

—흠. 파악된 인적 사항이 있습니까?

"이틀 전 밤 12시 전후로 하네다 공항을 통해 들어온 왕원샹이란 녀석이오."

—아, 그거면 충분합니다.

"또 있소. 놈이 중국 칭화대학 재학생이라는 정보요."

—그 또한 사실인지 아닌지 알아봐 달라는 거군요.

괜히 경부가 아니었는지 척하면 착이다.

"그렇소. 그리고 은밀하게 수배를 부탁하오. 사례는 충분히 하리다."

—흠. 조직 간의 전쟁이 언제 터질지 몰라 모두 출동 대기 상태입니다.

곤란하다는 얘기.

그렇다고 포기할 수 없는 이쿠다가 결정적인 당근을 제시

했다.

"중국 놈을 잡게 된다면 전쟁을 하지 않아도 될 거요."

-오호! 그렇습니까?

이게 웬 떡이냐는 듯한 말투가 들려왔다.

그럴 것이, 만에 하나 전쟁이 나면 살육이 난무하면서 피
와 살이 튄다.

그 와중에 투입되는 거라면 경찰이라고 해도 절대 안전하
지 않다는 점이었다.

당연히 희소식일 수밖에.

"90% 확신하오."

-그렇다면 극진흑룡회가 중재를 할 수 있단 말이군요.

이건 넘겨짚을 필요도 없는 추론이었다.

그만큼 흑사회(일본 야쿠자를 통틀어 일컫는 용어)에서 극진흑룡
회가 가지는 파급이 크다는 점을 알기 때문이었다.

"하핫. 괜히 경부 자리에 앉아 있는 게 아닌 것 같소."

하기야 경시청의 경부라면 과장급이었으니 경험이 적지
않은 만큼 축적된 베테랑 수사관이라 해도 과언은 아니었다.

-투전으로 앉을 자리는 아니지만 이 문제는 누구라도 그
렇게 생각할 겁니다. 아무튼 1시간 내에 연락을 드리도록 하
지요.

"부탁하오."

철컥.

"오늘은 바쁘군."

전화번호가 적힌 메모지를 확인한 이쿠다가 다시 전화기를 들었다.

벌써 세 번째다.

-기타닌데 누구슈?

"기타니 군인가?"

-하, 하이. 누구……십니까?

묵직한 어투에 습관처럼 가볍게 처신하던 기타니의 말투가 순식간에 바뀌면서 조심스러워졌다.

"이쿠다일세."

-이쿠다, 이쿠다…….

"이쿠다 하루일세."

-헛! 이, 이쿠다 님! 아, 오, 오야붕!

전화기 너머에서 기타니의 급 당황하며 똥오줌을 못 가리는 모습이 실감나게 느껴졌다.

안 봐도 빤한 것이 이쿠다 선에서 보면 아예 밑이 보이지 않을 정도로 까마득한 조직원이어서다.

더구나 이나가와 카이에서 서열 3위인 행동대장이었으니 가타니의 행동은 당연한 것이었다.

"그렇다네."

-헉! 시, 실례했습니다.

기타니 입장에서는 무척이나 어려운 상대였던지 감히 '님'

자를 붙이거나 '오야붕'이란 호칭조차 붙일 생각을 못 했다.

'님' 자를 붙이기에는 시건방져 보이고 '오야붕'은 더더욱 그럴 만한 관계가 못 되기에 그랬다.

"괜찮네. 갑자기 전화한 내가 잘못이지."

―아, 여, 영광입니다.

"고맙네. 한 가지 물어봐도 되겠는가?"

―하잇! 뭐든 물어보십시오.

"현재 상황이 어찌 되어 가고 있나?"

―아, 지금 엔도 조장과 같이 움직이고 있는 중입니다만 아직 이렇다 할 결과가 없습니다. 죄송합니다.

"흠. 지금 있는 곳이 어딘가?"

―외곽 쪽의 도미토리를 돌고 있습니다.

"그 부분은 내 생각과 좀 다르군."

―예?

"아무래도 범상치 않은 놈 같다. 특급 호텔을 중심으로 찾는 것을 고려해 보도록."

―아, 알겠습니다. 엔도 조장에게 건의해 보겠습니다.

"그래. 또 한 가지."

―말씀하십시오.

"쇼지 건에 대해 아는 게 있는가?"

―조금 전에 소식을 들었습니다. 사실은 맡은 임무만 아니라면 놈을 찾아 당장이라도 복수하고 싶은 마음입니다.

"흠, 그럴 만한 이유라도 있나?"

-쇼지가 동료 이전에 친구이기도 하지만 놈이 머물고 있는 곳을 제가 알려 주는 바람에 벌어진 일이기 때문입니다.

"으음. 그렇단 말이지."

-…….

"혹시 놈과 관련된 자를 알고 있나?"

-하이. 어제는 모모아야라는 여자가 놈의 가이드를 하고 있었습니다.

"모모아야라면…… 아, 아."

퍼뜩 떠오르는 것이 있는 표정이다.

"알 만한 아이군. 그래서?"

-쇼지의 소식을 듣고 전화로 물어봤습니다만 도쿄박물관을 관람한 후 같이 식사를 하고 곧바로 헤어졌다고 했습니다.

"그 말을 믿나?"

-부하들을 통해 확인해 봤습니다.

"결론은?"

-사실이었습니다.

"놈이 모모아야와 헤어진 이후에 사태가 벌어졌다 이거로군."

-하이, 그렇습니다. 세 사람이…… 아, 세 명인 건 모모아야의 여동생이 동행해서 그렇습니다. 세 사람은 이나게야 시

장에 있는 네기토로 집에서 식사를 한 후, 잠시 시장을 거닐다가 곧바로 헤어진 것이 확인됐습니다.

"의심할 만한 점이 없다는 거로군."

—그렇게 판단했습니다. 제가 아는 모모아야는 지금까지 지극히 합리적으로 처신하는 여성이었습니다.

'쯧. 설사 공범이었을지라도 너희들 능력으로 그 아이에게서 증거를 찾긴 어려울 테지.'

내심의 생각은 그랬지만 입에서 나오는 말은 달랐다.

"흠. 계속 수고하도록."

—하이!

은근한 빛으로 힘겹게 어둠을 물리고 있는 가로등이 애처로워 보이는 인적 끊어진 뒷골목.

인영 하나가 사람을 의식하는지 아니면 감시 카메라를 의식하는지 담벼락에 바짝 붙어 은밀히 이동하고 있었다.

그러다가 작은 카페 간판이 대롱거리는 3층 집 담벼락에서 멈춰 섰다.

위를 힐끗 살핀 인영은 기감을 극도로 끌어올려 주변을 천천히 둘러보고는 곧바로 점프를 했다.

처마를 잡은 인영은 고양이처럼 날렵하게 움직여 순식간

에 2층을 지나 3층 창가에 당도했다.

창문에 귀를 갖다 댄 인영은 인기척이 없음을 감지했는지 서슴없이 창문을 열었다.

스르륵.

잠기지 않은 미닫이 창문이 마치 주인이라도 맞이하는 양, 소리 없이 열렸다.

이내 인영이 사라지고 창문도 닫혔다.

실내는 옥탑방 형식을 띤 조그만 다락방으로 입구가 아래층으로 곧장 연결되어 있는 구조였다.

즉 출입구가 바닥에 위치해 있어 출입하려면 사각판을 들어 올려야 하는 형식인 것이다.

'휘유! 당분간은 여기서 지내야겠군.'

인영은 다른 누구도 아닌 담용이었다.

그렇듯 일을 벌여 놨으니 담용은 안전하게 머물 곳이 필요했다.

더구나 마지막 놈은 준고세이인이 아닌 쿠미인이라 야쿠자들이 호텔이든 도미토리든 죄다 뒤질 것은 빤했다.

그걸 감안해 선택한 곳이 남의 가정집이었다.

'깔끔해서 마음에 드는군.'

다락방은 주인의 성격을 보여 주는지 보기보다 정갈했고, 거기에 은은한 커피 향까지 배어 있어 머물기에 안성맞춤이었다.

'도쿄 인근에 이런 곳이 있었다니.'

모모와 난희와 헤어진 담용은 잠적하기로 마음을 먹었다.

그래서 찾아든 곳이 60, 70년대의 정취를 그대로 간직해 온 야나센 골목 안쪽의 오래된 가옥 3층 다락방이었던 것이다.

여길 고르느라 나름 애를 썼다.

1층은 허름해 보이는 카페였다.

일본의 가옥들이 대개 그렇듯 이곳 역시 규모가 그리 크지는 않았다.

그 때문인지 다락방은 커피 재료와 각종 묵은 도구들이 가지런히 쌓여 있었다.

사람의 손을 탄 흔적이 없는 걸로 보아 거의 방치되어 있다시피 한 다락방인 듯했다.

"소리를 내면 곤란하겠는걸."

담용은 차크라를 운기해 귀로 쏠리게 했다.

청력을 돋운 담용의 귀로 들려오는 소리가 전혀 잡히지 않았다.

'응? 비어 있나?'

인기척이 전혀 느껴지지 않아 카페와 살림집 겸용은 아닌 것 같았다.

바닥의 사각판을 살며시 들고는 아래층을 내려다보니 컴컴한 가운데 탁자와 의자가 정리되어 있는 모습이 들어왔다.

잠을 잘 만한 방은 보이지 않았다.

'2층도 카페로군.'

살림집을 개조한 것이라 인테리어가 세련되지는 않았지만 낡은 그 자체로 옛스러움이 묻어났다.

돈을 들이지 않고 살림집을 최대한 살린 내부는 그 나름대로 정취가 있었다.

'운이 좋군.'

낮에는 영업을 하겠지만 그건 그때 가서 해결하면 될 일이었다.

'커피 한잔했으면 좋겠군.'

그렇다고 남의 살림에 손을 대고 싶지는 않았다.

신세를 지는 것만으로도 큰 은혜라 담용은 조용히 머물면서 목적한 일을 끝낼 작정이었다.

다행인 것은 물 걱정, 화장실 걱정을 하지 않아도 된다는 점이었다.

담용은 심신이 안정되자, 그제야 난희를 집으로 먼저 들여보내고 모모와 나눴던 대화가 생각났다.

'거참, 모모가 오데 닌자 출신이라니…….'

직접 듣고서도 믿지 못할 만큼, 모모는 지극히 정상적인 생활을 영위하고 있다는 점이 더 놀라웠다.

'핫도리 닌자만 알고 있었는데 오데 닌자가 또 있었다니.'

모모의 말에 의하면 둘은 쌍둥이 형제였다고 했다.

핫도리 한조, 오데 한조가 바로 그들로서 공통된 점은 첩보를 다루는 닌자라는 점이었고, 다른 점은 핫도리 파는 격투술, 오데 파는 암기에 특화됐다는 점이었다.

─이수 씨, 숙박업소는 피해야 할 거예요. 거기도 야쿠자들의 정보원들이 있거든요. 그렇다고 첫 번째 의심 대상이 될 제 집에 머물라고 할 수도 없고요. 어쩌죠?

─내가 알아서 할 테니 걱정하지 않아도 됩니다.

─일본에 지인이 없다면서요? 제가 머물 곳을 알아봐 줄게요.

─괜찮아요. 이만 가 보겠습니다.

─아, 잠시만요.

─……?

─저기…… 돈을 벌 수 있는 일이 있는데 그럴 마음 있어요?

─돈을 벌 일이 있다고요?

─네. 조금 위험하긴 하지만 이수 씨 실력 정도면 그리 어렵지 않을 거예요.

─난 공부하기 바쁜 몸인데요?

─5천만 엔이라면 어때요?

─흠. 생각 없어요.

─거기에 일본에 올 때마다 제가 가이드해 드리는 걸 끼워

넣죠. 무료로요. 아마 다방면에서 저만큼 많이 아는 가이드도 드물 거예요.

　-하핫. 단순한 관광 가이드일 뿐이잖아요?

　-천만에요. 저 아는 거 많아요. 정치, 경제, 사회, 문화, 거기에 밤거리 문화 등등요. 아, 야쿠자들을 포함해서요.

　-헐. 정말요?

　-그럼요. 더 덧붙이면 제 정보력도 상당하구요.

　-음. 조력자가 있단 말입니까?

　-그건 마음대로 생각하세요. 어쨌든 대가는 5천만 엔에다 저를 사는 걸로 하는 거죠.

　-난 사랑하는 사람이 있소만.

　-호홋. 저도 짐작하고 있었어요. 사실 눈치챘겠지만 난희가 헛물켜고 있는 중이거든요. 전 그럴 생각이 애초에 없었고요.

　-도대체 무슨 일인데 그렇게 큰 금액을 제시하는 겁니까?

　-응하시는 거예요?

　-목숨을 걸어야 하는 일인가요?

　-거짓말을 하고 싶지는 않아요. 단지 경우에 따라서라고 말하고 싶네요.

　-일단 들어 봅시다.

　-그건 곤란해요.

　-내 입은 보기보다 무거워요.

-호홋. 알아요, 마음이 서면 연락을 주세요. 여기 제 전화 번호예요. 도감청 방지 장치가 되어 있으니 마음 놓고 하셔도 돼요.

-결정하기 전에 먼저 모모의 정체부터 압시다. 그러기 전에는 그 어떤 제의도 고려할 생각이 없어요.

-단호하시군요.

-공평하게 주고받는 걸로 하면 어떻겠습니까?

-옴마나! 이수 씨도 공부하는 학생이 아니라는 말이군요. 아, 이름도 지어낸 거겠네요.

-좋을 대로 생각하세요. 그쪽도 마찬가지 아닙니까?

-와하하핫.

-더 할 말이 없으면 이쯤에서 헤어집시다.

-음…… 오케이! 거래해요.

당연히 담용 역시 모모의 신분을 안 대가를 지불했다.

즉, 국정원 요원이라고 까발린 것이다.

그럼에도 모모의 표정은 덤덤했다.

마치 그럴 줄 알았다는 듯한 표정에서 마음을 읽을 수 있었다.

"일본에 정보원이 있다면 좀 더 편하게 움직일 수 있긴 한데……."

기실 일본에 대해 그리 많이 알지 못하는 담용으로서는 모모의 말에 솔깃하지 않을 수 없었다.

문제는 그 정보로 인해 관련된 일이 생길 때마다 모모가 눈치를 챌 수 있다는 점이다.

"5천만 엔짜리 의뢰는 크게 문제 될 게 없다."

한국 돈으로 5억 원이라면 결코 적지 않은 금액이기도 해서 욕심이 났다.

그것도 세금 없는 현찰.

해결 능력이 없는 것도 아니다.

하지만 담용은 무엇보다 모모의 정보를 살 수 있다는 데더 가치를 두고 있었다.

―제 정보를 무시하면 곤란해요. 24시간 내에 내각수상의 집에 숟가락 젓가락이 몇 개인지도 제공할 수 있으니 말이에요.

사실 이 말이 결정적이어서 신분을 노출시키지 않을 수 없었다.

내심의 경악을 숨기기에 급급할 정도로 그 말은 충격이었다.

뭐, 아직 거래가 완전히 성립된 건 아니다.

―생각해 볼 테니 시간을 주세요.

바인더북

—시간이 많지 않으니 이 밤이 가기 전까지면 어떠세요?
—충분합니다.

5천만 엔의 의뢰 건은 모리구치구미의 행동대장인 이케다 쯔네를 이나가와 카이의 이쿠다 하루와 연수해서 상대해 달라는 것이었다.

—신분 세탁은 걱정하지 말아요. 제가 알아서 만들어 놓을 테니까요. 그리고 변장도 책임질게요.

'문제는 쌍방이 전쟁을 할 때까지 기다려야 한다는 건데……'
지금은 모리구치구미에서 한창 간을 보고 있는 중이라고 했다. 또 언제 붙어도 이상하지 않을 상황이라고도 했다.
'어? 쌀쌀하네.'
도쿄가 서울보다 따뜻하다고는 하지만 12월의 밤공기는 무시할 게 못 됐다.
창문 틈으로 찬 바람이 솔솔 들어와 실내에 찬기가 돌고 있었다.
곁에 둔 백팩을 열어 모모가 준 팸플릿을 모조리 꺼냈다.
이어 백팩을 풀어 판초우의로 변형시키고는 몸을 감쌌다.
싸늘해진 공기를 차단하자 한결 나아졌다.

'괜찮네.'

그러다 퍼뜩 무슨 생각이 떠올랐는지 손가락을 튕기며 미소를 지었다.

"맞아, 반드시 기다려야 한다는 법은 없잖아?"

백팩을 판초우의로 변형시킬 수 있듯, 전쟁할 때까지 기다리기보다 그 전에 의뢰를 해결해도 상관없지 않은가?

이게 융통성이라는 거다.

"좋았어! 거래 성립이다."

담용은 모모가 전해 준 쪽지를 꺼내 살피고는 휴대폰을 들었다.

―결정했어요?

"거래합시다."

―와우!

그렇게나 좋았던지 모모의 반응이 장난이 아니다.

"먼저 하나 물어봅시다."

―말씀하세요.

"전쟁을 서로 공포하고 합니까?"

―그런 건 아니에요.

"그렇다면 사전에 해결해도 상관없다는 말이군요."

―그, 그렇죠.

"그렇다면 이케다 쯔네가 머무는 거처나 자주 다니는 곳이 있으면 알려 줘요."

-아, 아. 무슨 말인지 알았어요. 수락하시니 갑자기 할 일
이 많아지는군요. 곧 연락을 드리죠.
　"기다리지요."

BINDER
BOOK

성자, 두쉬얀단의 정화

눈을 반개하고 차크라를 운기하니 심신이 혼연일체가 되는 느낌이다.

잡념은 온데간데없고, 곧 정신과 사물의 구분은 사라졌다.

오롯이 자아만 홀로 남아 담용의 내면을 관조하는 상황.

그렇게 담용의 차크라 수련은 2시간 정도 이어지다가 눈을 뜸으로써 끝이 났다.

근자에는 눈에서 광채가 뿜어지는 대신 투명할 정도로 깊고 맑은 눈빛으로 변해 있었다.

"후우! 피곤이 좀 가셨군."

시간을 확인하니 새벽 2시가 다 되어 가고 있었다.

"이제 프라나에 대해 알아봐야겠군."

담용이 가부좌를 틀고 앉았다.

굳이 이리하지 않아도 됐지만 프라나에 대한 담용 나름의 예의여서다.

차크라를 운기해 전신으로 한 바퀴 돌린 담용이 의념을 전했다.

'프라나, 먼저 나디에서 프라나로 각성한 걸 축하해.'

—…….

'엉? 왜 반응이 없어?'

—…….

'프라나?'

쿨렁.

'각성한 거 아니었어?'

쿨렁.

'얼라? 그럼 뭐야?'

—…….

'어?'

프라나에게서 반응은 없었지만 전두엽으로 뜻이 전해졌다.

이 역시 처음 있는 일이라 담용은 무척 당혹했다.

—설명, 어렵다.

'이럴 수가!'

정확한 언어 전달이라니!

담용은 내심 경악하면서도 한편으로는 엄청 기뻤다.

그러나 기쁨을 잠시 접어놓고 궁금증부터 푸는 게 먼저였
다.

'설명할 수 없다고?'

–그렇다.

'그게 무슨……?'

–…….

이번은 반응이 없다.

대답이 가능한 게 한정되어 있는 모양이다.

'좋아. 그건 그렇다고 쳐. 근데 쿨렁이 아니고 울렁은 뭔
뜻이냐?'

–…….

'어? 반응을 안 해?'

그때, '울렁!' 하는 느낌이 전해졌다.

'프라나, 지금 장난해?'

–나, 아니다.

'뭐? 네가 아니면 누군데?'

울렁! 울렁!

'헛!'

–나디.

'뭐? 나디라고? 네가 나디이자 프라나 아니었어?'

–난…… 원래 존재.

음. 아직 말이 어눌하구나.

그래도 못 알아들을 정도는 아니다.

'엥? 그럼 나디와는 별개의 존재라는 거야?'

─응. 몸 된 자, 날 깨웠다.

'헐─!'

몸 된 자라면, 담용 자신을 일컫는 말일 것이다.

이 기상천외한 사실에 담용은 잠시 말문이 막혔지만 다시 의념을 전했다.

'그러니까 내가 잠자고 있는 널 어떻게 깨웠다는 거지?'

─차크라의 수련, 성자의 정화精華 성장.

차크라의 수련이 경지에 닿음으로써 성자의 정화가 성장한 결과라고?

개떡 같은 말이었지만 찰떡같이 이해가 됐다.

'에? 성자라니! 그게 무슨 말이야?'

─두쉬얀단.

'두쉬얀단?'

그래. 꿈속 용어라는 것을 안다.

꿈속 노인네의 이름일 것이라는 추측을 했었다.

─하늘 기둥.

'하늘 기둥?'

이것도 어렴풋이 기억난다.

가늘고도 위태위태한 바위가 구불구불 하늘로 솟아 있었

던 꿈속의 환상이었으니까.

─……

'꿈속에 나타났던 노인 말이지?'

─……

무반응인 걸 보니 꿈을 꾼 것까지는 모르는 것 같다.

'어쨌든 좋다. 차근차근 알아 가면 되니까. 나디는 어찌 된 건데?'

─내 하인이다.

'하, 하인?'

─몸 된 자, 지킴이.

프라나가 깨기 전에 몸 된 자의 지킴이 역할을 하기 위한 존재다.

'아, 아……'

이제 뭔가 조금 알 것 같다.

여태껏 초능력을 발휘해 스스로 몸을 보호한 게 모두 나디 덕분이라는 것을.

─나디, 아나하타. 나, 샤하스라.

원래 나디는 아나하타이고 나는 샤하스라다.

'아나하타, 샤하스라.'

─편한 대로 불러.

말이 점점 좋아지는군.

아, 얘는 원래부터 학습 능력이 뛰어났지.

'그래. 나도 그게 편해.'

―몸 된 자는 하늘 기둥으로 가야 한다.

이제는 완벽한 문장을 구사했다.

'거기가 어딘데? 혹시 인도야?'

―무굴.

'무굴? 혹시 무굴제국을 말하는 거야?'

이거 자세히는 몰라도 들어 본 것 같다. 인도의 옛 역사에 무굴제국이 있었으니까.

―…….

무반응인 걸로 보아 세세한 것까지는 무린가 보다.

뭐, 아무래도 상관없다. 그게 중요한 건 아니니까.

'프라나, 하늘 기둥엔 꼭 가야 하나?'

―당연하다.

'언제?'

―시기가 되면 알려 준다.

그 시기가 곤란할 때가 아니길 바란다.

'하나 더 묻자. 네가 어찌해서 내 몸속에 있게 된 건지 알고 싶다.'

사실 이거 엄청 궁금했다.

시간을 거슬러 온 회귀와 관련된 문제였으니 말이다.

그 기억이 희미해져 가는 지금도 풀고 싶은 의문의 숙제였다.

-말할 수 없다.

'그래? 몰라서가 아니고?'

쿨렁!

'어? 화났어?'

-말하게 되면 난 소멸되고 몸 된 자는 능력을 상실한다. 그래도 알고 싶다면 알려 주겠다.

'오, 오. 천만에. 그런 결과라면 절대로 알고 싶지 않아. 그럼, 그렇고말고.'

미쳤냐? 내가?

이런 고도의 스킬을 잃는다는 게 말이 돼?

'다음부터는 절대 이런 말은 꺼내지 않을 테니 못 들은 걸로 해 줘.'

-잘 생각했다.

잠깐 사이에 식은땀까지 흘린 담용이 얼른 화제를 바꿨다.

'나디와 인사할 수 있을까?'

-허락한다.

꼭 자기가 나디의 주인이나 되는 것처럼 말하는 프라나다.

아, 주인이 맞나?

하인이라 했으니 맞구나.

'고마워. 나디, 거기 있냐?'

울렁. 울렁. 울렁. 울렁.

나디에게서 격한 반응이 왔다.

울렁은 담용에게 너무도 익숙한 울림이지 않은가?

그만큼 반가워하는 느낌이라 담용도 즐거웠다.

'나디, 미안해, 그리고 고마워.'

많은 언어가 함축된 인사를 건넸다.

울렁. 울렁. 울렁. 울렁.

기뻐 날뛰는 것이 역력히 느껴졌다.

사실 프라나보다 나디에게 더 정이 가는 담용이었다. 그만큼 같이 보낸 날이 많았기 때문이리라.

'프라나, 나디의 역할은 뭐지?'

ㅡ나를 보조하는 졸병이다.

'큭! 조, 졸병.'

ㅡ원래는 하인이었지만 몸 된 주인에게서 배워 그렇게 이름을 지었다.

완벽한 문장 구사였지만 조금 띠꺼운 기분이 들었다.

'원 별별별…….'

ㅡ별은 하늘에 떠 있다.

어쭈구리!

'나 참.'

그런 별이 아니라고.

'졸병보다 하인이 더 나은 것 같은데?'

ㅡ나디는 졸병이다.

이놈 고집도 엔간하다.

'니 마음대로 하셔. 그리고 나 졸병 없어.'

─있다. 독사, 만박이, 멀대, 망치……

'그만!'

─…….

'야! 걔들 내 졸병이 아니라고!'

─졸병 맞다.

고집이 진짜 센 프라나다.

이거 단단히 참고해야 되겠다.

'아, 알았으니까 그만해. 아무튼 나디가 나를 지키느라 고생했으니 잘 대해 줘.'

─난 졸병을 아끼는 존재다.

'나디, 또 만나자.'

울렁. 울렁.

─나디, 재웠다.

'나디는 매일 잠자는 존재냐?'

─필요할 때 깨운다.

'그렇구나. 그래도 너와 대화를 할 수 있다니 앞으로 심심하지는 않겠다. 프흐흐흣.'

─몸 된 주인. 웃음이 너무 음흉스럽다.

'쩝. 조심하지.'

멋대가리 없는 말투를 툭툭 끊듯이 내뱉는 것이 아니꼬웠지만 인간도 아닌 원영체한테 불만을 표출할 수는 없었다.

'프라나, 잠시 의념을 끊겠다.'

담용은 이 모든 것이 너무도 혼란스러워 잠시 의념을 중단했다.

"이거야 원…… 이놈이 별걸 다 기억하고 있네."

하기야 둘이 소울로 엮인 하나인 셈이니 담용이 프라나고 프라나가 곧 담용이라 어쩔 수 없는 면이 많다.

담용은 프라나와의 대화를 잠시 곱씹어 보았다.

"그러니까 프라나의 근원지가 인도란 말이지."

이는 담용 역시 어느 정도 짐작하고 있던 터였다.

왜냐면 꿈속의 노인이 다 낡아 빠진 터번을 쓰고 있었기에 그런 추측이 가능했다.

"꿈속의 노인이 인도의 성자임과 동시에 하늘 기둥과 연관이 있고 프라나도 거기서 유래했다는 건데…… 간단하지는 않을 것 같군. 근데 이 자식 왜 이리 건방져?"

의념으로 전해지는 말투가 어째 도도하다는 느낌을 지울 수가 없다.

몸 된 주인임에도 반말투를 툭툭 내뱉는 것만 봐도 살가운 녀석은 절대 아니었다.

"이놈이 여성체였으면……."

아, 이건 말이 안 되는구나.

성자인 두쉬얀단이 남성이었으니 말이다.

아울러 질투의 화신이라는 점도 마음에 걸렸다.

이는 담용이 나디를 찾을 때, 프라나가 흥분하듯 들썩이는 것만 봐도 짐작할 수 있는 일이었다.

"이거 조심해야겠는걸."

당분간 나디를 별도로 불러내기는 어려울 것 같다.

"쩝. 귀여운 녀석이었는데……."

나디만 떠올리면 절로 빙그레 미소가 지어진다.

"프라나도 은근히 웃기는 놈이고."

어투가 무뚝뚝해서 그렇지 알 건 다 알고 할 말도 다 하고 있었다.

더구나 갈수록 진화하고 있어 앞으로 골치가 아플 것 같은 예감이 들기도 했다.

'어쨌든 속은 시원하네.'

가슴에 맺혔던 응어리가 풀어졌다고나 할까?

그동안 갑갑할 정도로 궁금했던 것들이 밝혀지자, 심신이 더 편안해지는 기분이다.

"아, 맞다. 투명 인간!"

이거 굉장히 요긴하고도 다양한 쓰임새가 있는 능력이 아닌가?

영화나 소설에나 나올 법한 투명 인간이 현실이 되다니!

무지 궁금했다.

그리고 중요한 건 또 있다.

바로 문화재 탈취다.

급한 마음에 얼른 프라나와 의념을 연결시켰다.

'프라나, 아까 투명 인간이 될 수 있다고 하지 않았나?'

―가능하지만 문제가 없는 건 아니다.

'뭐? 문제라니? 안 되는 거야?'

―시간제한이 있어서다.

'아, 난 또…… 얼마나 가능한데?'

―하루에 2시간 정도.

'와아! 그게 어디야?'

2시간이면 뭐든 할 수 있는 시간이 아닌가?

그런데 여기에 문제가 있었다.

'2시간은 하루에 주어지는 능력이야?'

―한 번 시도할 때마다 주어지는 시간이다. 단, 그 두 배의 시간이 지나야만 다시 시도할 수 있다.

'그렇다는 말은…….'

담용은 재빨리 암산해 보았다.

2시간 시도하고 4시간 쉬기를 반복하면 하루에 딱 8시간이 가능하다는 얘기였다.

'8시간이네. 맞아?'

―맞다. 몸 된 주인, 나를 더 성장시켜라. 12시간 연속도 가능하다.

'알았어, 알았어. 그거야 때가 되면 자연히…….'

차크라 수련이야 하루도 빠지지 않는 일과라 시간이 해결해 줄 것이니 급할 게 없다.

하고 싶다고 강제로 할 수 있는 일도 아니니까.

—단!

'또?'

—일의 사안에 따라 거부할 수 있는 권한이 내게 있음을 명심할 것.

'그건 나도 짐작하고 있었어.'

이건 굳이 물어보지 않아도 알 수 있는 일이었다.

프라나의 원영체가 '성자'이다 보니 인간의 도리를 벗어나는 일에는 응하지 않겠다는 의지였다.

'프라나, 벌써 네 사람을 죽였잖아?'

첫 번째가 스나이퍼였고, 두 번째가 초능력자, 그다음이 일본 야쿠자다.

—그건 자위를 위한 방어라 상관없다.

'아, 그래?'

이걸 보면 자신을 무지 아끼는 놈인 것 같다.

뭐, 나쁠 것은 없다.

'프라나, 열 감지 적외선도 피할 수 있어?'

이건 도둑을 방지하는 데 쓰이니 필히 알아야 했다.

—몸 된 주인. 출입국 때 걸린 적이 있나?

'어?'

생각해 보니 바보 같은 질문이 따로 없다.

그러다 문득 떠오르는 아차산에서의 일.

'그, 그렇다면 너…….'

—맞아. 몸 된 주인이 아차산 동굴에서 껍질을 벗었을 때부터 난 프라나였어. 몸 된 주인도 이미 추측한 걸로 아는데?

'아, 아.'

그랬다.

그동안 막연해했던 담용의 추측이 들어맞았던 것이다.

그렇다면 첨단 투시 장비에도 노출이 되지 않는다는 뜻이 아닌가?

'하하핫. 여권 필요할 일이 없겠어.'

그냥 화물칸에 슬쩍 올라타 오가면 될 일이었다.

'프라나, 투명 인간의 조건은 뭐지?'

—그냥 의념만 전하면 돼.

'어? 그래?'

—단 의념을 전할 때 명칭이 있어야 돼.

'아, 아. 그렇지.'

늘 해 오던 것임에도 워낙 정신이 없었던 탓에 잠시 까먹었다.

'음, 이름이…… 인비저블 맨? 이건 너무 유치한데?'

담용의 고민을 읽었는지 프라나가 힌트를 줬다.

—참고로 난 몸 된 주인을 감쌀 뿐이라는 걸 알아 둬.

'응? 나를 감싼다고?'

그래. 푸딩으로 몸을 둘둘 만다 이거겠지.

—아, 또 하나. 방탄 기능도 있어.

'허얼. 방탄 기능까지?'

총과 포화 사이를 뛰어다녀도 다칠 일이 없다는 거네.

그거 괜찮다.

'강도는 어느 정도야?'

—그건 알 수 없다.

'흠. 실험해 봐야 된단 말이군.'

이거 목숨을 걸어야 할지 모르겠다.

담용은 계속 머리를 굴렸다.

'투명망토? 투명슈트? 캡슐망토? 캡슐슈트? 어? 이거 좋으네. 프라나, 이거 어때? 캡슐슈트.'

—캡슐슈트란 명칭을 저장하겠다.

'오케이.'

이렇게 해서 또 하나의 초능력 수법이 추가됐다.

'이제 다음 일을 해 보자고.'

아, 그 전에 확인해 보는 게 먼저다.

'프라나, 너 스스로 장거리 여행이 가능해?'

—가능하다. 단, 목적지가 분명해야 한다.

그놈의 단, 단, 단······.

하긴 틀린 말은 아니다.

'거리에 제한이 있나?'

─아직 모른다.

'그래 이해한다.'

이건 순전히 차크라의 경지에 대한 문제여서 책임은 담용에게 있었다.

'길을 잃을 수도 있나?'

─몸 된 주인에게서 일정 거리를 벗어나지 않는 이상 그럴 일은 없다.

'일정 거리가 얼마나 되는지도 모르지?'

─그렇다.

이것으로 시험해 볼 일이 많아졌다.

'그렇다면 먼저 가까운 곳부터 시도해 보자고.'

─동의한다.

담용은 바닥에 흩어진 팸플릿들을 정리해 차곡차곡 쌓았다.

'프라나, 지금부터 내가 보는 유물들을 잘 기억했다가 조심해서 가져와야 돼.'

─알았다.

'그런데 용량이 문제이긴 하네. 원하는 걸 다 가져올 수 있을까?'

─내 졸병도 보관이 가능하다.

'뭐? 나디도 가능하다고?'

―내 졸병을 무시하지 마라.

'무시라니! 절대 그런 의미로 말한 게 아니다. 절대! 네버!'

―팸플릿 공부하자.

뜬금없이 뭔 공부?

'아, 그, 그래.'

하기야 이것도 공부이긴 하지.

―차크라를 눈으로 집중시켜라.

'어, 그래야지.'

괘씸한 놈, 명령조라니.

아니꼽지만 어쩔 수 없다. 답답한 사람은 담용 자신이었으니 말이다.

'먼저 가장 가까운 도쿄국립박물관부터 살펴보자. 아 참! 다 기억하고 있지?'

―나를 띄엄띄엄 알면 곤란해.

'아, 아. 그래. 미안. 앞으로는 촘촘하게 알도록 하지.'

진짜 묘하게 말투가 거슬리는 놈이다.

'아, 나디, 네가 그립구나.'

알고 있다고 하면 될 것을 저리 말하니 정나미가 떨어지려고 했다.

'아까와는 또 다른 것들이니 잘 봐 둬.'

―알았다. 집중하게 네 할 일이나 해라.

'빌어먹을 놈.'

고분고분하면 좀 좋아?

내심이야 뭐라고 한마디 해 주고 싶었지만 아쉬운 사람은 담용이었으니 속으로 삭여야 했다.

이 녀석의 약점을 알면 좋을 텐데 프라나 자체가 아직은 낯선 상태라 담용으로서도 방법이 없었다.

그래서 그때까지는 녀석을 인정해 주기로 마음먹었다.

'오케이.'

파락.

"첫 장부터 전부 우리나라 유물이네."

금동투조관모, 금동조익형관식, 금제태환식귀고리, 금제 팔찌, 동정강이보호대, 동투조신발, 단룡문환두대도 등등.

담용으로서는 듣도 보도 못했던 유물들이 쭈욱 나열되어 있었다.

파락.

"청동제 당초문초두?"

5, 6세기 신라 유물. 합천에서 출토. 일본 중요 문화재.

"삼국시대 유물이군."

합천에서 출토된 걸로 보아 도굴이 분명했다.

"새끼들이 남의 나라 것을 지들 것처럼 중요 문화재로 정해?"

파라락.

"금동팔각사리탑이라……."

9세기 통일신라 유물로 광양 출토. 일본 중요 미술품.

이 역시 모양새로 보아 도굴품임이 표시가 났다.

"오! 두정갑이다."

용봉문두정투구와 두정갑옷.

"뭐? 이왕가 전래 유물?"

조선을 낮추어 이왕가라고 했는지 대한제국의 왕족이어서
이왕가라고 했는지 헷갈린다.

"19세기 조선 왕실의 것으로 추정. 흠, 시기로 보아서는
제국의 왕가가 맞겠다."

근데 오쿠라컬렉션에서 제공한 유물이라 담용의 인상이
절로 찌푸려졌다.

"확실히 오쿠라 가문만큼은 조져 놓고 가야 돼."

지옥의 오쿠라여.

네놈의 후손들이 죄 없다는 말은 하지 마라.

네놈은 조선인들을 죄가 있어 괴롭혔더냐?

죄는 지은 대로 가는 것이니 가문이 풍비박산되더라도 억
울해하지 마라.

네놈은 그럴 자격이 없으니까.

다음은 무척이나 낡아 보이는 투구였다.

"얼라? 이건 이완용이 일본에 갖다 바쳤다는 고려 시대 투

구로군. 하! 이놈의 새끼 후손들도 죄다 손을 봐줘야 하는
데……."

참! 이런 매국노는 100년에 한 번 태어날까 말까 싶을 정
도로 세계사에 유례도 없을 희대의 간신일 것이다.

죽어서까지 일제에 충성한 뼛속까지 매국노인 놈이 이완
용이다.

"놈의 무덤을 찾아 부관참시라도 했으면 좋겠지만 후손이
이미 화장해 버려 화를 풀 길이 없네."

담용은 독립운동가와 국가유공자 그리고 그 후손들을 위
한 전용 병원으로 사용하기 위해 구로동에 있는 성수병원을
인수할 당시 매국노들의 이름을 찾는 과정에서 제법 많은 공
부를 했었다.

그때 이완용의 후손 중 이윤형만이 캐나다로 이민을 가서
떵떵거리며 살았지 나머지 후손들은 궁핍한 삶을 면치 못하
고 있음을 알았다.

고로 기실 복수할 거리도 되지 못했다.

"오! 이건 이번 특별전의 명화로군."

담용이 손에 든 팸플릿은 빈센트 반 고흐와 에드바르트 뭉
크의 그림을 전시한다는 홍보 책자였다.

전시 장소는 쇼케이관이었다.

"프라나, 이것도 싹 쓸어 와."

아마 일본 문화청이 무척 당황스러워할 것이다.

영영 찾지 못한다면 손해배상도 감수해야 할 것이고.

"흥! 네놈들도 문화재 강탈이 얼마나 억장이 무너지는 일인지 한번 느껴 봐라. 솔직히 말하면 반환이 맞는 말이지."

담용은 강탈이 아니라 반환이라 여기며 당위성을 부여했다.

"훗! 반환이라고 읽고 탈취, 아니 강탈. 뭐, 도둑질이라고 쓴다 해도 상관할 바는 아니지만……."

명분이 없지 않냐고?

내겐 그따위 것은 없다.

원래의 자리로 되돌려 놓는 것이니 명분이 끼어들 자리는 없으니까.

"호오! 호류지관의 유물도 있네."

시간 관계상 관람해 보지는 못했지만 모모의 말에 의하면 호류지관은 유물 수장고였다.

"프라나, 이것도 마찬가지니까 잘 기억해 둬."

우리나라 유물만 가지고 오면 한국을 의심할 수도 있기에 일본은 물론 중국 유물까지 쓸어 올 작정이었다.

그래서 한국관을 비롯해 일본관, 중국관까지 열심히 훑었다.

"하! 이리도 많은 유물을 강탈해 왔으니 역사까지 왜곡하려고 지랄 염병을 떨지."

역사는 준엄한 것임에도 일본은 연극의 시나리오를 바꾸

듯 제멋대로 희롱하고 있는 중이었다.

'하늘이 무심한 거지.'

극악할 정도로 잔인한 짓을 서슴없이 해 댄 일본을 가만히 두는 것을 보면 신神은 존재하지 않는 것 같다.

악귀惡鬼만이 득시글거리지 않고서야 이럴 수는 없지 않은가?

'하늘이 못 하면 나라도 대신 하겠다.'

그렇게 밤이 다 가고 있는 것도 잊은 채, 다짐까지 해 가며 팸플릿에 몰두하는 담용이다.

그러던 어느 순간, 담용의 내부에서 지극히 미세한 신호가 왔다.

'응? 프라나? 왜?'

ㅡ…….

반응이 전혀 없다.

그럼에도 자꾸 톡톡 치고 있다.

"프라나가 아니면 뭐가 이리 톡톡 치는 느낌이지?"

그때, '울렁' 하는 신호가 왔다.

'엉?'

이번에는 확연히 느껴졌다.

'앗! 나디! 너, 너, 너 맞지?'

울렁. 울렁. 울렁.

프라나보다 부드러웠지만 나름 격한 반응이 전해져 왔다.

'어? 근데 프라나에게 허락받은 거야?'

울렁.

'그렇군.'

프라나에게 구속되어 있긴 했어도 신호를 보내는 것 정도의 자유는 있는 것 같다.

'대화가 되질 않으니 답답하네.'

그래도 부탁 정도는 하고 싶었다.

'나디, 프라나가 시키는 대로 싹 쓸어 와야 해.'

울렁. 울렁.

'네 공간에 꽉 채워 와! 알았지?'

울렁울렁울렁.

나디에게도 신세를 져야 할 일이라 살살 달래야 했다.

'그래. 이제 들어가. 프라나가 화낼라.'

울−렁.

헤어지기 싫은지 반응이 조금 다르다.

'다음에 또 신호 보내.'

−……

반응이 없는 걸 보니 갔나 보다.

아, 짠해라.

BIIIDER
BOOK

지옥의 유령 I

담용이 프라나와 노닥거리는 그 시각.

난희를 피해 화장실에 들어간 모모는 입까지 가리고 통화를 하고 있는 중이었다.

-시로 원. 시간이 없다.

"노디, 너무 재촉하지 말아요."

-금액이 문제라면 더 주겠다.

"얼마나요?"

-1억 엔.

"이나가와 카이가 다급해졌군요."

-이쿠다의 파트너로 정해졌던 쇼지 유고가 쓸모없어졌거든.

'후훗. 그건 내가 더 잘 알아요.'

노디와는 비밀이 거의 없는 사이라 입이 간질간질했지만 담용을 위해 꾹 참았다.

"좋아요."

─어째 이미 알고 있었다는 듯한 말투로구나.

"여긴 제 나와바리니까요."

─하긴…… 절반이면 되지?

"아뇨. 이번만큼은 다 주세요."

─오호! 자신이 있는 게로구나.

"물론이죠. 콜?"

─노인네에게 그런 용어는 실례다.

"콜?"

─끙. 그리하마.

"헤헷. 이번은 어디서 찾아요?"

─히라이역 1번 출구 8번 보관함. 80%.

80%는 1억 엔 중 2천만 엔을 제하고 8천만 엔을 넣어 놓겠다는 얘기다.

"알았어요. 대신 조건이 하나 있어요."

─뭐지?

"이케다 쯔네의 거처와 일과표를 알아 주세요."

─그거면 되나?

"아, 한 가지 더요."

-오늘따라 조건이 많구나.

"1억 엔짜리 의뢰잖아요. 그리고 이건 조건이 아니에요."

-그거 마음에 드는 말이구나.

"이번 의뢰, 전쟁 전에 끝내도 되죠?"

-엉? 그게 가능해?

"어쩌면요."

사실 이 점이 살짝 불안하긴 했지만 그의 묵직하고도 당연하다는 듯한 말투가 믿음을 갖게 했다고 해도 과언은 아니었다.

-오! 네가 그리 말한다면 믿어도 되겠구나.

"이케다에 대한 정보가 확실하다면요."

-그건 염려 말거라. 끊으마.

예의 카페의 다락방.

밤을 하얗게 지새운 담용이 프라나의 공간에서 꺼낸 간식으로 요기를 하고는 뒤늦은 잠에 빠졌다가 수선스러운 소음에 눈을 떴다.

'응? 왜 이리 시끄러…… 아!'

눈을 뜨자마자 자신이 카페의 다락방에서 밤을 보냈음을 깨닫고는 벌떡 상체를 일으키고 주변부터 살폈다.

'큰일 날 뻔했네.'

잠을 자는 도중에 사람이 올라왔을 때를 생각하면 등에 식은땀이 났다.

다행히 그런 기미는 없어 보여 안심이 됐다.

'방치된 다락방인 게 천만다행이로군.'

아래층에서 두런거리는 소리들이 고스란히 귀에 들러왔다.

'영업시간인 모양이야.'

거기에 커피의 진한 향기까지 코끝을 간질이고 있었다.

'커피 한 잔이 간절하군.'

더불어 배도 출출했다.

'시간이……?'

9시가 넘어가고 있었다.

'근데 왜 캄캄한 거야?'

9시면 창틈 사이로 빛이라도 새어 들어야 함에도 그런 게 전혀 없었다.

'구름이 꼈나?'

창문을 슬며시 열어 보았다.

'헛!'

간판의 네오사인에 불빛이 환한 것을 볼 수 있었다.

'뭐, 뭐야?'

다시 밤이 되어 버린 것이다.

그렇다면 거의 10시간을 내리 잤다는 얘기다.

"하! 정신없이 곯아떨어졌었군."

그 때문이었던지 컨디션은 최상이었고, 정신은 그 어느 때보다 맑았다.

'모모의 연락은 아직 없는 상태고…… 그래. 가장 먼저 손볼 곳이 있지.'

오늘 밤 일정은 야스쿠니신사 하나로 끝낸다.

당연히 답사 같은 한가한 방문이 아니다.

프라나가 유물들을 잔뜩 머금은 상태에서 능력을 발휘하기가 어려울 것 같아 첫 번째 표적으로 정한 곳이 야스쿠니신사다.

'오늘…… 야스쿠니신사를 완전히 지운다.'

물론 가능할지의 여부는 프라나의 능력에 달려 있지만 마음먹은 바는 변함이 없다.

야스쿠니.

의미는 '평화로운 나라'를 뜻했다.

하지만 그 뒤에는 구린내가 진동을 하는 '신사'가 떠받치고 있었다.

일본인들의 야스쿠니신사에 대한 애정이 얼마나 큰지 알기에 일대 센세이션을 일으킬 작정을 한 담용이다.

일본의 정신이 깃든 야스쿠니신사의 파괴는 일대 사건이 아닐 수 없다.

그동안 더러 방화를 시도하긴 했지만 근처도 못 간 불장난 일 뿐이었다.

명분 차원에서 담용 나름의 출사표도 정했다.

일본 왕의 전범 참배.

일본 내각총리대신과 각료들의 전범 참배.

일본 군국주의의 근원지이자 망령들의 소굴.

도조 히데키를 비롯한 특급 전범들의 무덤.

야스쿠니에서 만나기 위해 전쟁터로 달려간 광기들의 귀곡산장.

하얀 비둘기 뒤에 숨겨진 오만과 무지의 발원지.

일본 극진 우익들의 우상숭배지.

범죄자가 신이 되어 제사를 받는 참배지.

2천만여의 아시아 민중들을 죽여 놓고 자국의 240만여 명만을 영웅시한 숭배지.

"이 정도면 명분은 차고도 넘치지."

일본인들은 일본을 위해 싸우다가 죽었다고 말하지만 이는 지극히 아전인수 격의 모리배나 다름없는 짓이다.

일본에게 전쟁의 빌미를 제공한 그 어떤 나라도 없었다.

당연히 이에 반하는 몰염치한 논리인 것이다.

"흥! 힘이 있다고, 돈이 있다고, 강대국인 미국이 뒤에 있다는 것을 구실로 호가호위하는 철부지들아. 공포에 의한 패 닉이 어떤 맛인지 실감 나게 느껴 보라."

담용은 그 말로 약해지지 않기 위해 마음을 다잡았다.

그리고 행동에 나서기 전에 프라나와의 대화가 필요했다. 궁금한 점이 있어서다.

곧장 가부좌 자세를 취하고는 의념을 전했다.

'프라나.'

—뭘 좀 먹지그래? 배고프다.

'어, 그래야지.'

소울이라서인지 허기도 같이 느끼나 보다.

'프라나, 궁금한 게 있다.'

—뭔데?

'아차산에서 네가 바위를 모래, 아니 먼지처럼 사라지게 한 것 기억나?'

—그건 네거티브 스킬 중 하나다.

'오! 이름도 있어?'

—그건 몸 된 주인이 할 일이다.

'뭐, 아무튼! 그거 지금도 가능해?'

—당연하다.

'규모는 어느 정도야?'

—몸 된 주인의 차크라 양에 비례한다.

쳇! 그걸 알 수 없잖아?

'혹시 이 카페 정도의 규모를 소멸시킬 수 있어?'

─프라나는 위대한 존재다.

호오! 카페 정도는 껌이다 이거지?

담용은 스스로 위대하다고 자부하니 그렇게 해석했다.

뭐, 전부가 안 되면 오늘 밤은 일부만 처리하는 걸로 하면 된다.

'소멸 방식은?'

─프라나의 분신을 잃어야 가능하다.

'엉? 그게 무슨 뜻이지?'

─몸 된 주인의 뼈 일부를 떼어 내는 것과 같다.

'어? 그러면…… 네게 지장이 없을까?'

─큰일 아니다. 몸 된 주인이 열심히 하면 보충된다.

'아, 아. 무슨 뜻인지 알겠다. 그다음은?'

─현장에 가서 몸 된 주인이 직접 원하는 부분에 손을 갖다 대면 된다.

'아, 그렇게만 하면 아차산에서처럼 서서히 먼지로 화한다 이거지?'

─맞다.

가만! 그거 좀 문제가 있는데?

'프라나, 야스쿠니신사에 합사되어 있는 A급 전범들의 무덤을 먼저 없애고 싶은데 지금은 거길 못 들어가거든. 뭐, 본전일 것 같지만 확실하지는 않아. 방법이 없을까?'

-걱정 마라. 가능하니까.

'어떻게?'

-몸 된 주인이 일본어를 알고 있으니 담벼락에 손만 대고 안내판을 따라가면 돼. 단!

단? 얘는 단을 되게 좋아한다.

'뭔데?'

-프라나의 분신이 더 필요하다.

아, 손을 대지 않으니 그렇겠네.

이론상으로도 맞다.

'그래도 강행해!'

까짓것 좀 고생하면 되지.

-양이 많아지면 빈혈이 올 수도 있다.

흠, 차크라의 기운이 대거 빠져나가면 그럴 수도 있겠다.

'그건 안 되지. 몇 차례 시도하면 되니까 네가 적당히 조율해. 가능하지?'

-알았다.

흠. 근데 이런 식으로는 양이 차지 않겠는데…….

담용은 잠자기 전에 준비해 뒀던 깃발을 꺼냈다.

ghost of hell

-지옥유령?

'그래. 내가 관심 가진 곳마다 이 글을 남길 거다.'

야스쿠니신사는 깃발이지만 나머지는 쪽지를 남길 작정이다.

가만! 이번 기회에 캡슐슈트를 시험해 보는 건 어떨까?

즉시 마음을 바꿨다.

'프라나, 아무래도 직접 답사하는 게 나을 것 같다.'

─변덕쟁이.

젠장.

'일단 이건 넣어 둬.'

말이 끝나는 즉시 깃발이 삭아서 먼지가 되어 흩어지듯 사라졌다. 마치 백지에 먹물이 천천히 번져 가는 현상 같았다.

─배고프다.

'간다, 가. 뭐 좋아해?'

─고기 안 들어간 카레.

'윽.'

이 자식, 확실히 인도 출신이 맞아.

쿠단시타역 1번 출구를 빠져나온 담용이 향한 곳은 목적지인 야스쿠니신사 방향이었다.

당연히 변장한 얼굴은 30대 중반이었고, 옷도 바뀌어서 회사원처럼 보이게 깔끔한 감색의 정장 차림이었다.

캡슐슈트는 상황이 어찌 될지 알 수 없었기에 아껴 둔 상태였다. 당분간은 2시간짜리를 써야 하니 말이다.

담용의 출발지는 고교 도쿄역으로 세 정거장 전이었고, 머물렀던 카페와의 거리는 500m 정도 됐다.

'이정표가 확실해서 못 찾을 일은 없겠군.'

가는 길마다 야스쿠니신사로 가는 안내판이 수두룩했다.

더불어 히노마루(일장기)가 줄줄이 바람에 펄럭이고 있었다.

'200m…….'

야스쿠니신사까지 남은 거리를 표시한 안내판에 쓰인 글이다.

'어째 마음이 비장해지는 기분인걸.'

이토 히로부미를 살해하려고 하얼빈역으로 향하던 안중근 의사의 심정이 이랬을까?

폭탄을 소지하고 일왕의 생일을 즈음해 전쟁 승리를 기념하는 행사장인 상하이 홍커우 공원으로 향하던 윤봉길 의사의 심정이 이랬을까?

두 사건은 '한국독립운동사의 2대 쾌거'로 평가받고 있을 정도로 거대한 족적을 남겼다.

지금 담용의 심정이 꼭 그랬다.

'훗! 난 역사에 남을 수가 없겠지.'

뭐, 애초 바라지도 않았고 또 포퓰리즘을 위해 유물들을 한국으로 가져가는 것도 아니다.

'난 지옥에서 온 유령이니 이름이 있을 리가 없지.'

공동 화장실이 눈에 들어왔다.

'더 가까이 가면 노출될 수 있으니 저기서 캡슐슈트를 이용하는 게 좋겠어.'

화장실로 가면서 의념을 전했다.

'프라나, 감시 카메라는?'

─화장실 쪽은 사각지대다.

'오키.'

이거 긴장되는데?

처음 시도해 보는 능력이라 그 어떤 수법보다 조심스러웠다. 근데 화장실이 너무 작다.

잠시 후, 담용이 화장실을 나섰다.

─사람과 부딪치지 마라.

보이지 않는다고 해서 뭐든 통과하는 것은 아니다.

캡슐슈트의 능력은 투명 상태와 방탄 기능 두 가지뿐이었다.

'그건 나도 알아.'

물체라면 고스트 트릭 수법으로 통과해 버리면 되니 상관없다. 그런 경우, 멀티플레싱 수법을 가미해야겠지만.

'어디, 시험을 한번 해 볼까?'

때마침 샘이 나도록 즐거워 보이는 한 쌍의 커플이 테이크아웃 한 커피를 홀짝거리며 가는 모습에 장난이 치고 싶어졌다.

앞으로 갔다가 뒤로 갔다가 얼굴을 바짝 대서 쳐다보는 등 별짓을 다 하며 부지런히 움직였지만 커플은 전혀 눈치를 못 채고 자기네들만의 대화를 이어 가고 있었다.

그래도 실감이 안 난 담용은 여성이 든 커피를 손가락으로 살짝 튕겼다.

툭!

"옴마!"

하마터면 커피를 떨어뜨릴 뻔한 여성이 뾰족한 비명을 질렀다.

"어? 왜, 왜 그래?"

"누가 내 커피를 치고 갔어."

"에? 무슨……."

남성이 얼른 두리번거려 봤지만 멀리서 지나가는 행인들 몇몇 빼고는 주변에 아무도 없었다.

"아무도 없잖아?"

"진짜라니까!"

"보라구! 옆에 아무도 지나가지 않았어. 깜짝 놀랐네."

"이 씨…… 진짠데."

"그럼 박쥐였나 보지."

"신성한 신사에 박쥐가 어딨어?"

"그야 모르지. 밤이잖아? 어디서 날아올 수도 있지."

그렇게 두 사람은 서로 티격태격하며 신사 쪽으로 향했다.

마침내 정문인 도리이가 있는 곳에 도착했다.

한국에서 먼 이웃나라가 된 원천이 바로 이곳, 야스쿠니신사.

감회보다는 증오가 먼저 피어올랐다.

아마도 한국을 비롯해 중국, 필리핀, 대만 국민들은 담용과 같은 감정일 것이다.

'도리이 한번 거대하네.'

거의 20여 미터는 될 법한 높이다.

신사라면 입구마다 한두 개쯤은 세워 놓은 통나무나 돌기둥으로 정말 단순했다.

함축된 뜻이야 내 알 바 아니니 관심 없다.

어쨌든 여기가 군국주의의 메카라는 곳이란다.

가깝고도 먼 나라. 먼 이웃 나라.

한국 입장에서의 지칭은 그런 식의 표현으로 결코 가까워질 수 없는 나라로 인식됐다.

밤 10시가 넘어서인지 사람들이 드문드문 보일 뿐이다.

'프라나, 어때 보여?'

—무덤이라 그런지 귀신들이 많네.

'윽! 그게 무슨 소리야?'

너무도 태연하게 말하는 것이 더 오싹한 마음이 들었다.

—죽은 자들의 무덤이 있는 곳인데 당연한 것 아냐?

'그, 그야.'

조금은, 아니 많이 오싹해지는 얘기.

—겁먹지 마. 이놈들은 잡귀들일 뿐이니까. 허접스러운 영성들이라 해코지도 못해.

'프라나, 너, 너…… 귀신이 보여?

—응. 너무 처참한 모습들이라 말하고 싶지 않아. 지금 몸 된 주인 머리 위에도 몇 놈 떠 있어.

'으흑!'

기겁한 담용이 손을 머리 위로 올려 마구 휘저어 댔다.

—쯧. 몸 된 주인에게는 범접하지 못하니 그럴 필요 없어.

'왜? 왜?'

—차크라가 삿된 기운을 막고 있거든. 그 때문에 오히려 겁을 내고 가까이 오지 않아.

그거 다행이네.

—앞에 가는 커플에게는 온몸에 덕지덕지 붙어 있어.

히익!

그래도 웃고 즐기면서 가고 있었다.

'너, 너는?'

―푸훗! 신경 쓸 가치도 없는 놈들이야.

이거 자랑질 맞지?

근데 이 녀석, 말투가 왜 이리 능글능글해졌지?

떠듬떠듬 말하던 놈이 어느새 능수능란하게 대화를 이끌고 있어 담용이 오히려 빠져들고 있었다.

―서둘러야 할 거다.

제한된 시간이 2시간이라 프라나가 경고하는 것이다.

'아니, 지금은 그냥 둘러보러 온 거야. 행동 개시는 이따가 새벽에 할 거야.'

―안내판 안 봐?

'어? 봐야지.'

실제로 귀신이 존재한다고 들은 탓에 자신도 모르게 걸음이 빨라지는 담용이다.

"99,000㎡면…… 3만 평이네."

땅값이 비싼 도쿄 한가운데에 3만 평이면 대체 돈이 얼마야?

속물같이 들리겠지만 궁금한 건 사실이었다.

"길기도 하네."

도리이에서 정문까지의 거리가 만만치 않았다.

안내판을 보니 중간에 도리이를 또 지나야 했다.

"정문까지 가다가 시간이 다 가겠다."

안내판만 봐도 하루 종일 돌아다녀도 다 둘러보기는 어려울 것 같았다.

"이거…… 판단 미스다."

신사의 규모가 이토록 거대할 줄은 미처 몰랐다.

"낮에 와서 자세히 봐야겠는걸."

안내판에서 떠날 줄 모르는 담용에게 프라나가 말을 걸어왔다.

-내게 맡기면 된다.

'할 수 있겠어?'

-내가 하는 일에 토를 달지 마라.

와, 학습이 무지 빠른 놈이네.

하지만 지금은 자신 있는 말투가 반갑기만 했다.

'그럼 어떡할 건데?'

-제1기둥문부터 시작하면 심력이 많이 소모되니까 제2기둥문에 손만 살짝 대 줘.

'그거면 돼?'

-충분해.

하긴 본당 영역인 배전拜殿이 바로 코앞이니까.

'오오! 가면서 얘기하자고.'

담용은 거의 반은 뛰듯이 걸음을 빨리했다.

'프라나! 우리 좀 사기 치는 것 같지 않아?'

-억울하면 일본도 몸 된 주인 같은 능력자를 배출하라고

해.

컥! 할 말 없게 만드네.

'난 어디서 기다릴까?'

─시간이 걸리는 일이다.

'얼마나?'

─내가 조절하기에 달렸다.

'그럼 카페에 가 있을게.'

─마음대로 해. 나디랑 놀고 있든가.

"헉! 헉! 다 왔다. 마음이 바쁘니 고작 그거 걸었다고 숨이 다 가쁘네."

턱!

담용의 손바닥이 도리이의 기둥에 닿았다.

'어? 이건 돌이 아니네?'

손바닥에 닿는 감촉이 그랬다.

─청동이다. 됐어. 이제 가도 돼.

"……."

─왜? 생각이 바뀌었어?

"아무래도 일본 나름대로 역사적 현장인데 한번 둘러보는 것도 괜찮을 것 같아."

─거봐. 변덕쟁이 맞다니까.

'아니라니까!'

─날 못 믿는 건 아니고?

'내가 너고 네가 난데 그런 말이 어울린다고 생각해?'

ㅡ그럼?

'곧 역사적 현장이 사라질 텐데 마지막 관람자로 남는 것도 나름 의미가 있잖아?'

ㅡ변명치고는 너무 옹색하다.

'일단 들어가자. 둘러보면서 얘기해도 되니까.'

담용이 제2기둥문 안으로 들어서면서 의념을 이어 갔다.

'일본의 야스쿠니는 일본인들이 극도로 신성하게 여기는 장소야. 이를테면…… 개신교의 교회나 가톨릭의 성당 그리고 이슬람의 모스크와 불교의 사찰과 같은 성격을 지니고 있다고 보면 맞아.'

ㅡ이까짓 잡귀들을 섬기려고 이렇게 거대한 신사를 지었다니 이해가 안 간다.

아마도 주변에 귀신들이 득시글대는 모양이다.

공원 같은 느낌을 주는 신사에 귀신들이 판치고 있다니 아이러니하다.

'인간은 귀신을 볼 수 없으니까 그렇지.'

아닌 게 아니라 볼 수만 있다면 일본의 신사는 물론, 폐기되는 토속신앙들이 무수히 많을 것이다.

'야스쿠니가 신사의 중심인 건 규모 때문이 아니야. 야스쿠니가 가진 성격 때문이지.'

ㅡ신문神門이다.

'이제 정문에 도착한 건가?'

신문이 정문 역할을 하고 있어서다.

한가운데에 일본 왕실을 상징하는 큼지막한 황금색 국화 문양이 박혀 있다.

'이거 진짜 금은 아니겠지?'

ㅡ도금이다. 근데 왼쪽에 저건 뭐지?

'아, 저건…….'

쿠시다 신사에서 본 수도가 여기에도 있었다.

안내판에 오테미즈샤라고 쓰여 있다.

'저 우물은 신문부터 신성한 지역이라 참배하러 오는 사람들이 들어가기 전에 손을 씻거나 하는 정화 의식을 행하는 곳이야.'

ㅡ풋! 별별…… 이놈의 잡귀들이 신성하다고? 얼레? 지들끼리 싸우고 자빠졌네. 장난치는 놈들도 수두룩해. 여긴 잡귀들 천국이다.

끙, 아예 중계방송을 하지 그래.

'그건 너만 볼 수 있어서 그런 말을 하는 거야.'

ㅡ이건 몸 된 주인에게 나눠 줄 수 있는 게 아니다.

흥! 나도 그것만은 절대 사양이다.

눈만 뜨면 귀신들이 보인다고 생각해 봐라.

생활이 어떻게 될까?

그야말로 끔찍하지 않은가?

물론 이전에 한번 귀신들을 만났던 적은 있지만, 그건 눈으로 봤다기보단 느낀 것에 가까웠다

그래도 슬쩍 물어봤다. 불가능하다고 했으니까.

'귀신들을 보려면 어떻게 해야 되는데?'

-영안靈眼이 트이면 가능하지.

'그게 언제쯤인데?'

-대략 100년?

풋! 않느니 죽지.

그때까지 살 수나 있을까?

'포기할란다. 아, 근데 진행하고 있는 거야?'

-소멸?

'응.'

-진행 중이다.

'뭐?'

담용은 얼른 제2기둥문을 쳐다보았다.

'뭐야? 멀쩡하잖아?'

-저거 다 썩은 거야. 입김만 불어도 소멸돼.

'헛! 진짜?'

근데 왜 안 무너져?

-내가 붙잡고 있어서 그래.

아, 아. 그래서 버티고 있다는 거네.

'오오. 훌륭해.'

-난 원래 그런 존재다.

겸손을 모른다니까.

'저게 언제까지 버틸까? 무한정 붙잡고 있을 수는 없잖아?'

-내 맘이지. 내 분신이잖아?

'아, 그러네.'

-그렇지만 무한정하지는 않아. 지금도 조금씩 기운이 빠지고 있는 중이거든.

'헉! 서둘러야겠다.'

-그래 주면 좋고.

담용의 걸음이 빨라지더니 벚나무 뜰을 지나 금세 또 하나의 도리이에 도착했다.

제3기둥문이다.

-중문이다. 저 앞이 배전이고.

이젠 안내까지 하고 있다.

하기야 학습 능력이 불가사의할 정도니 불가능한 것도 아닐 것이다.

신문까지는 드문드문 거닐던 사람들이 단 한 명도 보이지 않는다.

'뭐? 이달의 유언?'

입간판처럼 서 있는 게시판에 적혀 있는 글귀였다.

-나는 천황의 명을 받아 용감하게 싸우고 있으니 행복하게 살라고 적혀 있다.

'미친……'

하긴 일본 왕은 일본인들에게는 인간이 아니라 신神으로 추앙받아 왔던 존재였으니까.

그렇다 해도 이해가 안 되기는 마찬가지여서 담용은 고개를 절레절레 흔들었다.

중국은 천자, 일본은 천황.

이게 뭔 개 풀 뜯어 먹는 짓거린지…….

글자 그대로 해석하면 만물의 주재자란 소리다.

인간이 하늘님과 동격 또는 넘어선 존재라니.

세 살배기 애도 하품할 일이다.

하지만 보지 않아도 빤한 것이, 일본인들은 이 유언을 보고 숙연한 마음을 가질 것이다.

그리고 애국심이 무럭무럭 자랄 테지.

반면에 일제의 침략으로 고통받은 한국이나 중국, 필리핀, 대만 등에선 공분을 일으키고 남을 일이었다.

저 유언이 담용의 마음을 무겁게 만들었다.

마침내 배전.

국화 문양이 들어간 칸막이 천이 늘어지듯 쳐진 가운데 향 냄새가 맡아졌다.

참배객들이 향을 사르는 곳이기 때문이다.

배전은 글자 그대로 절을 하고 소원을 비는 장소여서다.

'어째 낯설지가 않네.'

그럴 것이 일본 총리를 비롯한 일본 정부의 각료 혹은 정치인들이 야스쿠니에서 참배할 때마다 논란이 불거져 각 나라의 TV나 각 언론 매체에 회자돼서일 것이다.

　-안 가?

　'어, 가야지.'

　발걸음을 내딛던 담용이 멈칫했다.

　우측에 참집전이란 건물 앞에 글귀를 봤기 때문이었다.

　영어와 중국어 그리고 한글로 되어 있는 안내문이었다.

　-견학하는 장소가 아닙니다.

　'견학 못한다는데?'

　-그래서 안 들어갈 거야?

　'아니, 난 견학하러 온 게 아니니 들어갈 자격이 있지.'

　파괴하러 온 것이니 견학이 아닌 건 맞다.

　해괴한 논리지만 지금 그게 중요한가?

　-2천 엔 내라는데?

　안내문에 본전 참배객은 한 사람당 2천 엔 이상의 공물료를 내라고 되어 있어 프라나가 놀리듯 이죽거렸다.

　'난 참배객이 아니잖아.'

　그 말끝에 멀티플렉싱 수법을 기반으로 고스트 트릭을 시현했다.

　멀티플렉싱이란 두 가지 이상의 초능력을 하나로 합치시키는 수법이었다.

캡슐슈트 상태여도 문을 통과하려면 고스트 트릭 수법은 필수였다.

─하이고야. 여긴 잡귀들이 더 많다.

'본전이니까.'

─죄다 흉악해. 악귀들이야.

'죄지은 놈들이 선한 모습을 하고 있다면 그게 더 이상하지.'

본전은 배전보다 전각의 규모가 훨씬 컸다.

'여기가 야스쿠니의 신들이 봉안된 곳이란다.'

─헐. 저 악귀들을 신으로 모셔 놨다고?

'그래. 안내문에 의하면 246만 6천 명이 봉안돼 있단다.'

─그보다 더 많은 것 같은데?

뭐, 숫자가 중요한 건 아니니까.

'다른 데서 놀러 왔겠지. 애들도 여기가 공물료로 먹을 걸 많이 차려 놓는다는 걸 아는 거지.'

─하긴 백인도 있고 흑인도 있는 걸 보니 몸 된 주인 말이 맞는 것 같다. 그나저나 전쟁으로 많이도 죽었네.

'모두 전쟁광들 때문이지.'

전체 봉안 영령의 90%에 가까운 213만 3천 명은 태평양전쟁에서 죽은 자들이었다.

일본은 태평양전쟁을 대동아전쟁이라 부른다.

그 전쟁에서 죽은 자들의 숫자가 애먼 죽음들을 포함해 물경 2천만 명이 넘었으니 일본인들은 평생을 속죄하며 숨죽이고 살아가도 모자랄 것이다.

　아무튼 일제가 패망한 이후, 극동국제군사재판(전범 재판)을
거쳐 교수형에 처해진 도조 히데키 외 7명과 A급 전범 14명
역시 합사되어 야스쿠니의 신이 돼 봉안된 곳이 바로 눈앞의
본전이었다.

　아마 이곳이 붕괴, 아니 소멸된다면 한국과 중국을 비롯한
동남아 국가 전체가 만세를 부를지도 모른다.

　애통해하는 자라면 일본 국민들뿐.

　명분이 하나 더 늘었다.

　대의라고!

　－알지?

　뜬금없이……

　'뭘?'

　－한국인도 봉안돼 있다는 거.

　'알아.'

　안내문에 쓰여 있는데 모를 리가 있나?

　모두 강제로 징용됐다가 목숨을 잃은 사람들이었다.

　그 숫자가 무려 2만 1,181명이다.

　거기에 대만인 역시 2만 7,864명이나 된다.

　'개 같은 종자들.'

　장본인은 물론 그들 유족의 뜻과 전혀 무관하게 저들 마음
대로 봉안해 놓는다는 게 말이나 되냐고?

각자의 집안에 나름대로 풍습이 있기 마련이거늘 깡그리 무시한 처사가 아니고 뭔가?

뭐? 군신으로 떠받들어?

강제로 징용된 사람들이다.

당연히 억울한 혼이 되어 구천을 떠돌 것이 빤한데 군신이 아니라 그 할아비로 떠받들어도 위로는커녕 원귀로 남았을 것이다.

'젠장맞을.'

갑자기 우울해지면서 분노가 머리끝까지 치솟아 올랐다.

─몸 된 주인, 화날 때는 화내도 돼. 그거 참으면 병 된다.

'나중에.'

내일 아침, 통쾌한 장면을 볼 수 있으면 다 풀어질 것이다.

─하긴 개만도 못한 짓이란 걸 프라나도 안다. 아니 개들도 안 그럴 거다. 쟤들 좀 봐. 영가靈駕들이 얼마나 억울했으면 유계幽界로 가지 못하고 귀기스러운 모습을 하고 유계有界를 떠돌까?

'아, 프라나, 소멸되면 귀신들은 어떻게 돼?'

─애들은 차라리 그게 나아.

'그게 무슨 말이야?'

─세상에서 영원히 사라진다는 뜻이다.

'영원히 사라지는 게 더 나은 거라고?'

―뭐, 부활과 윤회와는 상관없게 되니 아주 낫다고는 볼수 없지.

'허억! 그건 너무 잔인하잖아?'

사람이라면 그나마 은연중 그런 걸 바라며 살아가고 있는데 너무 잔인하잖아?

―그럼 저리 떠돌게 놔두든지. 알지? 저런 상태도 부활과 윤회와는 상관없다는 거.

'아나.'

마음이 급격히 우울해진 담용이 본전을 그대로 통과해 영새부봉안전에 도착했다.

영새부봉안전은 야스쿠니가 매일 제사로 받드는 모든 영령의 명부가 안치된 곳이다. 즉 영령들의 이름을 적은 영새부가 있는 곳이다.

그래서인지 무척이나 으스스한 분위기다.

정말 매일 제사를 지내는지 이곳은 유독 향냄새가 진했다.

'나름 의미가 있는 곳이긴 한데…….'

한국이라면 위패가 모셔진 곳이라 절로 경건해지는 장소라 할 수 있었다.

그러나 태생이 전쟁 미치광이들이고 그놈들의 광기를 모아 놓은 장소라 생각하니 몸에 맞지 않는 옷을 입고 있는 것만 같아 보였다.

―그만 나가지 그래?

'그래. 이제 전쟁박물관으로 가자.'

바로 옆에 있는 건물이 유슈칸으로, 군국주의를 가르치는 교육장이었다.

아, 유슈칸은 전쟁박물관이다.

-몸 된 주인. 시간이 된 것 같은데?

'엉? 벌써?'

-벌써라니? 시간을 보라고.

프라나의 지적에 시간을 확인하니 12시가 다 되어 가고 있었다.

캡슐슈트의 해제가 불과 10분도 안 남은 상황이다.

'어쩌지?'

-어쩌긴? 4시간 기다려야지.

'어, 어디서?'

-악귀들이 많은 이곳보다 유슈칸으로 가서 처박혀 있는 게 좋겠다.

'말을 해도……. 처박혀 있어라는 뭐야? 나, 몸 된 주인 맞아? 가만! 4시간이 지나면…….'

-새벽이지.

돌아가야 할 시간이다.

더 꾸물거렸다가는 소멸될지도 모른다.

'더 구경할 수는 없겠군.'

-구경하러 온 거 아니잖아?

'하긴…….'

이것만 해도 많이 둘러본 셈이었다.

그런데 갑자기 궁금한 게 생겼다.

'프라나, 여기에 상주하고 있는 사람들도 소멸돼?'

이를테면 제사장들이나 사무원 등이 해당되겠다.

-그 문제는 어쩔 수 없다. 일일이 쫓아다니면서 보호해 주기 전에는.

'그렇군.'

담용은 지그시 눈을 감았다.

부디 인원이 많지 않기를…….

그러기만 바랐지, 굳이 자신을 합리화시키는 말은 하지 않았다.

-여기다 꽂을까?

'깃발?'

-그래. 상징성도 있고.

'그러다가 같이 소멸되면?'

-내가 바보냐?

썩을 놈…….

'소멸과 상관없게 할 수 있다면 이만큼 좋은 자리도 없지.'

사실이 그랬다. 야스쿠니의 심장이나 마찬가지인 장소이니 말이다.

-빨리 나가. 유슈칸에도 감시 카메라로 도배를 해 놨을 거다.

'어, 그, 그래.'

다음 권으로 이어집니다

200평 초대형 24시 만화방

수면실
(침대식) — 사우나석

다인석 — 샤워실

세탁기 — 신간100%

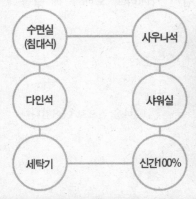
📖 수원 인계동점

나헤석거리 ● ● 농협

● CGV ● 수원시청역⑧

무비 사거리

소주한잔
건물
24시 만화방 3F ● 홍콩반점 ● 홈플러스

TEL : 031-226-3771
수원시 팔달구 인계동 1041-11 3층 24시 만화방

📖 의정부점

의정부역④ ⑤ 흥선지하도

◀서울방향

진성약국 ● 던킨도넛츠

24시 만화방
3F

TEL : 031-856-3971
경기도 의정부시 의정부동 197-13 3층

📖 주안점

주안
남부역

◀제물포 민병철 간석동▶
어학원 ●

25시 만화방 6F

TEL : 032-426-2871
인천광역시 주안남부역 지하상가 4번 출구 GS25시 건물 6층

📖 안양점

● 안양역 육교

◀관악역 명학역▶

농협 ●
24시 만화방
2F
안양일번가

TEL : 031-466-3771
경기도 안양시 안양동 674-163 조이당구장건물 2층

역대급
창기사의
회귀

조선생님 판타지 장편소설
ROK FANTASY STORY

'급'의 차이를 보여 줄 창기사가 돌아왔다!
『역대급 창기사의 회귀』

첩의 자식으로 태어나
창 하나로 오랜 내전을 종식시켰으나
믿었던 황제와 동료들에게 살해당한 조슈아

눈을 떠 보니 어린 시절로 돌아와
기쁨에 차 복수를 꿈꾸지만……
황제의 음모는 이미 시작되고 있었다!

놈이 눈치채기 전에 대륙을 평정해야 한다!
올겨울, 당신의 예상마저 뒤엎을
무패의 기사의 대역전극이 펼쳐진다!

갑질하는 영주님

장대수 퓨전 판타지 장편소설
ROK FUSION&FANTASY STORY

『디 임팩트』『더 프레지던트』의 **장대수 신작**
중독성 **갑**, 재미의 **갑질**이 시작된다!

외계인의 침략에 맞서다
워프기 속에서 산산이 분해된 민병대장 박현성
푸른 눈의 어리고 약한 소년 영주
이안으로 깨어나다!

뭐, 빚쟁이 영지에 꼭두각시 영주라고?

뿌리부터 썩은 영지를 바꿔라!
탐관오리들에겐 몽둥이찜질을 내리고
영지를 노략질하던 해적은 털어먹고
사람 목숨 가지고 노는 흑마법사에겐
가차 없는 참교육과 죽음을!

고대 유령의 검술, 각성한 워프 능력!
약한 영주 이안에서 강한 영주 이안까지!